Escrituras Editora e Distribuidora de Livros Ltda.
Rua Maestro Callia, 123 - Vila Mariana
04012-100 - São Paulo, SP - Telefax: (11) 5082-4190
e-mail: escrituras@escrituras.com.br
site: www.escrituras.com.br

Coordenação editorial
Raimundo Gadelha

Produção editorial
Celson Scotton

Projeto gráfico
Denise Bitencourt
Ricardo Siqueira

Assistente editorial
Ieda de Abreu

Impressão e acabamento
Palas Athena

Apoio Cultural:

Medley
INDÚSTRIA FARMACÊUTICA

Impresso no Brasil
Printed in Brazil

Dados Internacionais de Catalogação na Publicação (CIP)
(Câmara Brasileira do Livro, São Paulo, Brasil)

Rosa, Heitor
O enigma da quinta sinfonia/Heitor Rosa.--
São Paulo : Escrituras Editora, 2000.

1. Ficção brasileira I. Título

00-1985 CDD-869.935

Índices para catálogo sistemático:
1. Ficção: Século 20: Literatura brasileira
869.935
2. Século 20: Ficção: Literatura brasileira
869.935

Heitor Rosa

O Enigma da 5ª Sinfonia

escrituras

Prêmio APCA 1999
Melhor Produção Editorial

Para Consuelo e Ana Carolina

Sumário

Contos

Crônicas

Contos

Fiat Lux

Um interessante e casual achado nos meandros da biblioteca do Museu Britânico revelou, recentemente, mais um episódio dos últimos anos da vida de Sir Isaac Newton. Isso pouco me importaria não fosse o fato de saber que um meu ancestral protagonizou esta história.

Um dos mais célebres físicos e um dos mais reverenciados gênios da humanidade, Newton era considerado uma pessoa afável e irônica. De estatura mediana, aos setenta anos era um tanto gorducho mas mantinha uma bem cultivada vaidade, com a cabeleira e a irremediável mania de posar para pintores de diversos talentos.

Septuagenário, sua criatividade já não brilhava como há vinte anos antes. Foi mais ou menos nessa época, em 1717, que sua sobrinha casou-se com Mr. Conduitt, que simplesmente o idolatrava por sua reconhecida genialidade. Conduitt tornou-se a sombra do mestre, registrando os fatos importantes ou corriqueiros de sua vida até sua morte.

É assim que sabemos dos acontecidos desta história. Pelo seu meticuloso registro, Newton estava sofrendo de incontinência urinária, ou seja, não era capaz de reter a urina. Tal distúrbio trazia-lhe certa depressão, assim como o afastava de importantes obrigações, como a de comparecer às reuniões da Casa da Moeda, onde era o diretor, e à Royal Society, onde era o presidente.

Em 1726, à incontinência urinária somou-se um terrível quadro doloroso na bexiga. Seus médicos particulares, drs. Mead e Cheselden diagnosticaram um possível cálculo naquele orgão. Após várias tentativas infrutíferas de melhorar o genial e sofrido paciente, seus amigos médicos resolveram apelar para um colega irlandês , dr. Mc Rose, que se tornara famoso em sua terra por curar doenças produzidas por cálculos.

Dr. Mc Rose, católico, era conhecido por sua irreverência e extravagantes métodos de cura, além de menosprezar os protestantes ingleses. Mr. Conduitt veio a saber que Mc Rose considerava Newton um alquimista sem sucesso cercado de médicos incompetentes. Entretanto, levado por sua auto-estima e vaidade, o irreverente irlandês aceitou o apelo de Londres para examinar e tratar a sua principal estrela.

Chegou à residência do físico, em St. Martin-in-the-Field, numa tarde chuvosa, sendo recebido por Mr. Conduitt e pelos médicos Mead e Chelseden. Uma rápida conferência com os dois colegas inteirou-o do quadro clínico do paciente e rapidamente foi levado à presença de Newton por Conduitt, que permaneceu no quarto enquanto lá esteve Mc Rose.

Conheceu assim o grande homem que se encontrava deitado em um modesto leito sob um descorado dossel: digno, pálido, face de sofrimento, estranho sem a vasta cabeleira postiça, envolvido por livros, muitas folhas e uma Bíblia. Momentaneamente estava sem dor e provavelmente de bom humor, ou era o que podia-se presumir pela observação de um pequeno repuxamento do canto da boca, significando um sorriso, e pela mão estendida em cumprimento a Mc Rose.

— É um prazer, Sir Isaac. Sinto-me honrado em poder aliviar o vosso sofrimento.

— Como sabeis que assim o podeis?

— Eu não faria esta longa viagem simplesmente para ouvir-vos falar de estrelas...

— Ora direis, ouvir estrelas... Por certo...

— Agora não, Sire. Quero apenas que me deis a vossa versão dos sintomas que vos afligem e aponteis com um dedo para a vossa barriga, mostrando-me o local da dor, e a seguir que urineis neste frasco de cristal.

— Vós , irlandeses, tendes realmente uma maneira diferente de abordagem a qual eu não me submeteria, não fosse o motivo que vos coloca em situação de vantagem .

Enquanto vertia sua urina no transparente frasco, Newton contou com detalhes sua história desconfortável e dolorosa. Mas quem falava sobre sua doença não era o físico nem o matemático, e sim o místico alquimista, o conformado filósofo e o esperançoso teológo. Talvez, por isso mesmo, o relato de seus males era tão pouco objetivo, cheio de idas e vindas, de conjecturas e diagnósticos próprios, longo e cansativo. Isto mexeu com a paciência de Mc Rose, que virando-lhe as costas, foi examinar a urina diante da janela

— Sire, estou certo de que tendes cálculos.

— Isso todo mundo sabe, eu vivo de cálculos. Não viestе de tão longe para dizer-me isso.

— Quero dizer na bexiga...

— E é grave?

— Com mais observação posso calcular a gravidade.

— Não sejais pretensioso. Quem calcula a gravidade sou eu e já fiz isso há 20 anos atrás.

— Está bem. Vou fazer uma fórmula para os vossos cálculos e ficareis sem dores.

— Não. Vós não entendestes nada. As fórmulas resultantes dos meus cálculos já foram publicadas. Sabeis realmente quem sou?

— Acho que quem não entendeu fostes vós, senhor. Estou querendo segredar-vos que tendes uma pedra...

— Se viestes aqui pensando que eu tenho o segredo da pedra filosofal, estais perdendo o vosso tempo, amigo, e sendo impertinente.

— Sois obsessivo, senhor. Desde que aqui cheguei não me deixais concluir o pensamento, pois há vários minutos tento dizer que tendes uma pedra na bexiga e que quero formular um remédio para vossas dores.

— Por que não dissestes isso claramente? Por vezes eu não sei distinguir as leis da minha natureza daquelas da natureza universal e posso confundir as palavras. Seria como me dissésseis que tenho uma pena tinteiro em uma das minhas orelhas sem dizer-me em qual delas. Por isso tendes de ser claro e objetivo. Mas não fiqueis nervoso. Tudo está bem quando termina bem, costumo dizer, repetindo meu pai. Ides sangrar-me?

— Não, Sire.

— Ou então terei os meus colhões sugados por aqueles asquerosos vermes sanguessugas?

— Também não.

— Colocareis então cataplasmas ferventes sobre as minhas partes doloridas?

— Certamente que não, Sire.

— Mas que diabo de médico sois vós que não fazeis a medicina dos mestres? E que tortura desconhecida estais escondendo ou preparando para mim?

— Ficai tranqüilo, Sire. Bebereis da teriaga por mim preparada com cinqüenta e nove ervas e que as vossas dores expulsarão. Mostrai-me vossa cozinha e que vossos bons amigos deixem-me lá, a sós. Esperai por três horas e aproveitai-as para descansar.

— Conduitt, fazei o que ele ordena, por favor.

Durante quase três horas Mc Rose transformou a pequena cozinha num verdadeiro laboratório de alquimia. Caldeirões ferventes, retortas gotejantes, almofarizes com ervas socadas , filtros destilando líquidos diversos. Por uma fresta da janela o doutor Mead e o doutor Chelseden tentavam desvendar tanto mistério. Não escondiam sua contrariedade por ficarem à margem do segredo curativo não repartido por seu colega irlandês. Aliás, nada de muito bom se poderia esperar vindo de um irlandês, costumavam repetir. A única coisa que conseguiram ver foi Mc Rose bebendo todo o conteúdo de uma pequena garrafa. Seria um ritual, uma bebida pactual? Logo souberam que era uísque, assim que Mc Rose a jogou, vazia, pela janela e eles a recolheram e cheiraram-na.

Enquanto teciam suas indignações e votos de absoluto fracasso ao indiferente colega, do quarto do doente gemidos pouco contidos anunciavam que as dores tinham voltado mais violentas. Correram até ele. O suor molhava o rosto e a roupa daquele desesperado homem, cuja doença insistia em democratizar o sofrimento através da dor: um imenso esforço para verter água e apenas algumas gotas de urina vermelha pingavam no vaso como prêmio.

— Apressai-o, apressai-o, ordenava Newton aos seus amigos. Que me traga o alívio bem rápido.

Alguns minutos mais tarde, andando a passos cuidadosos, surge Mc Rose com uma tigela cheia de um escuro e fumegante líquido, carregado por ele como se fosse o Santo Graal.

— Tomai e bebei, Sire, isto é a minha ciência!

— Como ousais repetir e blasfemar palavras tão sagradas? observou-lhe severamente Conduitt.

Sir Isaac não tinha condições de silenciar Conduitt. Sorveu de uma só vez todo o conteúdo da tigela, trincando os dentes para não vomitar tão abominável mistura.

Os três médicos e o fiel escudeiro Conduitt acomodaram-se ao redor do leito numa ansiosa vigília. Enquanto passavam os minutos, mais o silêncio preenchia o quarto; o barulho dos cascos dos cavalos sobre as pedras da rua ecoavam como um metrônomo. Aos poucos, os gemidos tornaram-se leves resmungos, os braços caíram sobre o leito, o suor perdia sua umidade e o sono carregava o nobre doente para a dimensão da paz. A medicina vencera a dor.

Mc Rose fingiu-se dormindo para não constranger seus colegas que saíam apressada e silenciosamente do quarto, como se não pudessem testemunhar a derrota da dor que durante uma semana os tinha vencido sem tréguas.

Newton acordou na manhã seguinte, com os raios do sol chamando-o à vida. Despertou leve, maravilhado com o milagre do entorpecimento e com a magia do momento sem dor.

— Mc Rose, como fizestes isto? Qual a mágica de vossa poção que me levou a flutuar pelo espaço que só eu conheço? Que transmutações fizestes que amaciaram o caminho de minhas urinas? Sois também um alquimista?

— Sire, vós já tendes o segredo dos corpos celestes. Deixai-me com o meu pequeno trabalho.

— Não posso. A minha ciência dou-a a conhecer ao mundo; por que não fazeis o mesmo? Dizei-me ao menos por que os meus dedicados médicos não me aliviaram com a poderosa mandrágora que a todos beneficia?

— A mandrágora fechará mais a vossa urina quando ela estiver retida. Foi a canabis que vos deu o alívio pelo qual tanto orastes.

— Por que a canabis causa o sono?

— Mihi a docto doctore *
Demandatur causam et rationem quare
Opium facit dormire

A quoi respondeo,
Quia est in eo
Virtus dormativa
Cujus est natura
Sensus assoupire

— Respondestes com um gracejo do senhor Molière, creio, mas eu não sou hipocondríaco. Sim, dr. Mc Rose, não só alívio o vosso remédio me trouxe, mas também o milagre das cores. Aqui em meu leito vejo o milagre do arco-íris acontecer, como os dedos de Deus sobre meus olhos...Será vossa canabis?

— Não, Sire, não é o meu remédio nem são os dedos de Deus que tingem vossos olhos. O que vêdes realmente é o arco-íris, mas produzido pelo sol que se filtra através da jarra de cristal na janela. São as cores desta linda manhã.

**Um sabido doutor me perguntou qual é a causa e a razão do ópio induzir o sono. Então eu respondi que é por causa de sua virtude dormitiva, cuja natureza é sedar os sentidos.(Tradução livre.* O Hipocondríaco. *Molière.*)

— Ó meu amigo, que sábio seríeis se pudésseis compreender o que acabais de me fazer observar... Conduitt, rápido, trazei meus cadernos de óptica.

Conduitt pôs-se a andar de um lado para outro , à procura dos cadernos e sem entender as ordens e a sofreguidão de seu mestre. Mais atrapalhado ficava ao ouvi-lo murmurar coisas sem nexo, como se não houvesse mais ninguém no quarto.

— Ao trabalho, meu caro Newton ! Ao prisma! Desta vez foi uma luz que caiu sobre os meus olhos e não uma maçã sobre a minha cabeça. Não será um médico, muito menos um irlandês e menos ainda um católico que irá ensinar-me os segredos da luz. Um cristal, um prisma...um espectro de luz. Sim, claro. É claro que este idiota não percebeu a verdade como eu a vejo. Sim, um prisma, por que não?

Conduitt estava desorientado. Não pôde se conter ao ver Mc Rose que a tudo assistia com um ar divertido.

— Maldito sejais, filho dc Satanás. Quc fcitiço fizcstcs em Sir Newton? Que droga demoníaca destes ao mestre que o leva a loucura e ao delírio? Podeis ser condenado por isso.

— Calai esta boca, Conduitt. Não existe feitiçaria na física. Conduzi o dr. Mc Rosc até à porta, e pagai-o. Quanto a vós, deixai-me trabalhar.

Foi esta a única e última vez que vi sir Isaac Newton. Mas jamais parci dc ouvir falar dele.

O Enigma da 5ª Sinfonia

I

Era a primeira vez que eu ia assistir a uma peça de Herr Molière, e estava bastante feliz por poder me divertir e entender, no original, uma de suas mais famosas criações e que me interessava como médico : *O doente imaginário.*

Cheguei mais cedo ao teatro da rua Richelieu, o sagrado templo da Comedie, para experimentar aquela gostosa sensação de Paris, tão diferente de Viena; além disso, queria ter um certo tempo para observar a cadeira na qual Molière sofreu o ataque que lhe tirou a vida no palco, e que há muitos anos se encontrava exposta no salão do teatro. Estava absolutamente dominado pela visão daquele simples móvel, imaginando como médico, a forma de morte do infeliz gênio, quando senti uma ligeiro toque no meu ombro, provavelmente por alguém que também queria um espaço para ver a cadeira.

— "Aimez-vous aussi Moliére, monsieur?" perguntou-me gentilmente o desconhecido de sotaque austríaco.

— "Bien , oui."

— Ora, escuto um jeito vienense de falar, estou certo?

— Claro, respondi. Sou realmente de Viena. E o senhor?

— Permita-me Herr...

— Von Rosen.

— Eu sou o doutor Malafatti, também de Viena, um especialista em reconhecer compatriotas. Eu também gosto de Molière mas o meu francês deixa a desejar. Ouvi-vos conversando com algumas pessoas e pareceu-me que dominais muito bem o idioma.

— Faço-me compreender bem pois venho com freqüência a Paris; também sou médico.

— Gostais tanto assim de Paris?

— Gosto. Mas vim aqui por razões profissionais; há quatro meses estou aqui aperfeiçoando minha técnica de exame clínico no Hospital Necker.

— Interessante. Jamais pensei que um médico vienense tivesse alguma coisa a aprender com a medicina francesa. É realmente curioso. Deve ser algo realmente muito particular ou diferente. Será que poderíamos conversar mais um pouco?

— Todos nós temos a aprender com todo mundo, até com os franceses. Mas claro que podemos conversar. Que tal após o teatro? Já estava sentido falta de falar nosso idioma.

Naquele momento um sinal chamava os menos apressados a irem para seus lugares, pois a peça ia começar. Era o nosso caso. Herr Malafatti propôs-me um vinho após o teatro, o que eu aceitei com satisfação.

Quase duas horas depois encontramo-nos à saída e fomos caminhando até um restaurante próximo. Malafatti era um homem bem vestido, olhar vivo e falava com desenvoltura e não tinha afetação. Nem parecia vienense. Durante nossa primeira hora de conversa, discutimos *O Doente Imaginário* e cada cena recordada era ilustrada com nossas experiências de consultório. Realmente, fora uma noite divertida. A abertura de nossa segunda garrafa de vinho foi acompanhada pela declaração de Malafatti da sua curiosidade sobre o meu trabalho em Paris.

— Herr von Rosen, devo confessar que estou curioso com o que me dissestes no teatro, que estais aqui aprimorando vossa técnica de examinar doentes. Realmente não consigo entender. Por acaso não tem Viena a melhor medicina da Europa e os melhores professores? Eu mesmo, como médico, não vejo o que mais devo aprender em relação ao exame de um doente...

— Sem dúvida, Herr Malafatti, temos os melhores médicos e a melhor medicina, mas nem tudo está lá em Viena. Examinar um doente, hoje bem o sabemos, pode ser bem mais do que ver sua urina e tomar-lhe o pulso. Aqui aprendi também que é muito importante que percutais o tórax e a barriga de vosso paciente. Quantos segredos podeis desvendar com esta técnica. Viena ainda não adota nem acredita neste novo método de exame. Prefere a interpretação da tomada do pulso. Nossos colegas vienenses enxergam e sentem mas ainda não escutam.

— Já ouvi falar na percussão, mas parece-me que sua interpretação é duvidosa. Porém, foram os franceses que a inventaram ?

— Não, amigo. Foi um cidadão da nossa Viena quem a revelou. Este homem chamava-se Leopold Auenbrugger e publicou um pequeno tratado de percussão clínica há alguns anos atrás, em 1761, mas nossos orgulhosos compatriotas não lhe deram crédito. Às vezes não só Viena, mas todo o nosso país se comporta de maneira ingrata com seus gênios.

— E Auenbrugger, na vossa opinião, foi um gênio?

— De certa forma sim, pois o benefício que seu método traz à prática clínica é enorme.

— Mas como Paris descobriu esta...esta...técnica?

— Bem, há alguns anos um grande médico desta cidade, *docteur* Covisart, descobriu o pequeno livro de Auenbrugger e viu as enormes possibilidades que sua técnica oferecia ao diagnóstico das doenças do tórax e do abdome. A seguir, um seu discípulo, *docteur* Laennec, aperfeiçoou mais ainda a identificação dos segredos dos sons que podemos tirar e ouvir destas partes do corpo. Ambos trabalham atualmente no Hospital Necker, onde me permitem aprender esta nova arte com eles. Aqui estou desde junho deste 1805.

— Tanto tempo assim para aprender a percutir?

— Oh, não! A percussão podeis aprendê-la em um dia, mas usá-la para o diagnóstico clínico é que demanda tempo.

— Realmente interessante. Quando voltais à Viena?

— Devo retornar em janeiro do próximo ano, portanto daqui a quarenta dias.

Durante mais uma hora Malafatti quis saber detalhes sobre esta arte da clínica e do diagnóstico. Os médicos de nosso país gostam muito de aprender, desde que seja de graça. Prometeu encontrar-me em Viena para ver a parte prática. Ali mesmo nos despedimos, após ter ele com muita sutileza e elegância empurrado a conta em minha direção.

Voltei à minha rotina no Hospital Necker nos dias seguintes, porém, ficamos sabendo que *monsieur le docteur* Corvisat estava se afastando da instituição e muito provavelmente iria trabalhar para o general Napoleão Bonaparte. É muito antiga na Europa a prática de os médicos, depois que se tornam famosos, servirem com exclusividade ao rei ou ao imperador, tornando-se praticamente inacessíveis ao homem comum; são indispensáveis no campo de guerra.

Assim, sem o mestre, decidi antecipar minha volta à Viena, a tempo de passar o Natal com minha irmã.

Uma vez na minha terra e na minha casa, voltei ao meu modesto trabalho em um desconhecido e pobre *Krankenhaus* nos arredores de Viena, sem o menor risco de ficar famoso.

Quanto ao meu novo amigo, nunca mais ouvi falar de Herr Malafatti. Parece que o seu entusiasmo pela nova técnica médica foi apenas um gesto de curiosidade passageira. O tempo mostrou que eu estava parcialmente enganado.

II

Uma tarde, no verão de 1806, ao chegar em casa encontrei um bilhete, que segundo a Frau Gudron, minha ajudante, segurança, governanta e chefe, foi deixado por um desconhecido. Aliás ela não simpatizou com ele e portanto não o deixou entrar: recebeu o bilhete e o despachou em seguida. Ela é uma pessoa encantadora. O bilhete dizia:

Caro von Rosen, além do prazer em querer rever-te, acho que necessito de tua ajuda para um ilustre e querido amigo. Podemos encontrar-nos amanhã ao entardecer no Postdammerkaffee?

Malafatti

Finalmente *doktor* Malafatti dava sinais de vida. Fiquei encantado com o convite e com o tratamento íntimo, além de bastante curioso com o mistério do bilhete. A quem deveria eu ajudar? Por que eu dentre os grandes mestres da cidade? Embora a posição médica de Malafatti em Viena não fosse a de primeiro escalão, era contudo um clínico de pessoas de um círculo social restrito e selecionado, distante da minha realidade na quase periferia da cidade. A tentativa de adivinhar a verdadeira causa do pedido de ajuda ocupou minha mente até o momento de ir ao seu encontro. Provavelmente queria combinar a parte prática da nossa conversa em Paris. Mas por que o mistério?

O *Postdammerkaffee* era uma elegante casa de chá, mas antes de tudo um local muito discreto para encontros onde ouvidos e olhares alheios não eram bem-vindos. A própria escolha daquele lugar já era o suficiente para mexer com minha imaginação. Só que desta vez eu não pagaria a conta.

Cheguei antes do horário marcado, empurrado por minha ansiedade e, enquanto esperava por Malafatti, pedi um copo de vinho do Reno.

— Vejo que és tão pontual quanto eu, ouvi a voz cujo dono tocava em meu ombro. Reconheci a voz de Malafatti.

— Herr Doktor, que prazer em ver-te. Estou lisonjeado com o convite e ardendo de curiosidade de como poderei te ser útil.

— Primeiro, pedindo-me um copo deste vinho; segundo, ouvindo-me sem muitas perguntas. Sempre sutil, deixou que eu chamasse o garçon, que naturalmente anotou o pedido na minha conta.

— Meus ouvidos são teus, prossegui.

— Pois bem. Possuo um amigo músico, não sei bem ao certo, mas talvez seja um grande gênio. Talvez já ouviste falar dele ou de suas composições. Ele é um grande e talentoso compositor, porém vê-se atacado de uma surdez progressiva e isto parece afetar o seu estado de espírito e o humor. Sou seu médico amigo mas não sei bem como lidar com a constelação de sintomas de que o meu querido paciente vem se queixando.

— A quem te referes?

— Seu nome é van Beethoven.

— Pufff! Claro que conheço sua fama e apenas uma vez ouvi alguma coisa sua, mas não o conheço pessoalmente nem o sabia surdo. Aliás nem sabia que surdo fazia música, mas na realidade não entendo..

— Vamos com calma, von Rosen. Não estou querendo tua ajuda para a pouca audição do meu amigo. Aliás ele não está tão surdo. Acontece que tem ele grandes queixas de digestão, acreditando que tudo o que come pode fazer-lhe mal. Tenho lhe prescrito água de Carlsbad e até Água de Vichy da França , além de um cálice de vinho do Porto ou do Reno antes das refeições, porém sua má digestão continua tirando-lhe os raros momentos de bom humor.

— E o que achas que posso fazer pelo maestro? Um cardápio?

— Bem, depois do que me disseste em Paris, isto é, da prática que adquiriste em percutir a barriga, penso que tu podes encontrar um outro diagnóstico e usar um dos vários remédios que sei, trouxeste da França...

— E como pretendes fazer com que ele permita que eu o examine?

— Pensei nisso. Herr Beethoven não é uma pessoa de fácil trato, pelo contrário, chega a ser anti-social, mesmo com pessoas de suas relações. Irrita-o ter de se comunicar através da escrita, no caderno ou na lousa. Mas no fundo é uma pessoa generosa. Conversei com ele a teu respeito e ele consentiu em ser examinado por ti. Ele te espera amanhã antes do almoço. Podes vir?

Uma sensação estranha me invadiu. Viena era uma cidade assustadora, repleta de gente mundialmente famosa em quase todos os setores da atividade humana, e por isso mesmo, esnobe, frívola e auto-suficiente; uma hierarquia social e intelectual pesada e intransigente, embora como em qualquer outro país, a fortuna precedia a inteligência. Eu já ouvira falar muito daquele músico alemão de Bonn; sabia-o não rico mas seu gênio era irascível com os nobres. Tipo pobre orgulhoso. Como receberia um médico desconhecido, que para examiná-lo pediria que desnudasse o seu tórax e a barriga para serem tamborilados? Nunca assim procedera Malafatti. Os austríacos, como os alemães, também eram cultural e tradicionalmente xenófobos e, assim sendo, o meu futuro paciente poderia recusar uma técnica aprendida entre os franceses. Comentei este detalhe com Malafatti, o qual me assegurou que o mestre não tinha nada contra os vizinhos, pelo contrário, sua penúltima sinfonia apresentada recentemente, no ano passado, em 1805, tinha sido dedicada ao francês mais famoso do momento, o general Napoleão. Só mais tarde vim a saber que o próprio Napoleão perdera a patente de homenageado num acesso de fúria daquele alemao baixinho. Malafatti tratou de afastar meus temores, e eu não tive como recusar a ajudar meu colega. Prometi estar lá na manhã seguinte.

O garçon trouxe a conta; Malafatti já tinha desaparecido.

A sovinice de meu amigo trouxe-me um ligeiro pressentimento de que eu seria usado por ele para seu proveito, porém eu sou mais curioso do que cauteloso.

III

Apesar das instruções de Malafatti, não era um endereço fácil e tive uma certa dificuldade em encontrá-lo. A vizinhança desconhecia o morador e sua residência. Na realidade o meu futuro cliente vivia numa grande casa, deserta e isolada, pertencente a uma tal condessa Erdödy, onde ocupava uma ala privada.

Subi apressadamente as escadarias, mais ansioso do que o próprio doente deveria estar, em direção à ala direita do casarão, instruído por um jardineiro.

Só o tinha visto uma única vez, mas não seria fácil esquecer sua figura. A poucos metros da entrada, vi-o na pequena sacada: uma figura de cabelos revoltos, vestido com um casaco verde e mãos cruzadas nas costas, andando pensativamente. Não vi Malafatti. Minha presença foi logo percebida por Beethoven, que me fez um aceno de mão.

— Ah! O senhor naturalmente deve ser o doutor von Rosen, disse o músico, estendendo sua mão com um caloroso sorriso, num gesto surpreendentemente amistoso para um assustado médico. Malafatti veio ao meu encontro ao ouvir a conversa e se incumbiu da nossa apresentação.

— Herr Beethoven, estou honrado em conhecê-lo e lisonjeado em poder serví-lo.

— Mallafatti já deve ter lhe dito sobre meus vários problemas de saúde. O senhor pode falar próximo à corneta ou escrever na lousa se preferir, observou ele notando minha indecisão de como proceder para manter o diálogo. Fiquei aliviado. Entramos na sala, modestamente mobiliada.

Mallafatti aproximou de mim uma lousa e giz. Optei por falar um pouco mais alto e próximo à corneta, a qual, para minha surpresa, só era usada ocasionalmente.

— Por onde começamos? disse Beethoven.

— Doktor Mallafatti realmente me disse o motivo de trazer-me até aqui, porém gostaria de sabê-lo pelo senhor.

— Sei como começar minhas músicas, mas não sei por onde começar a falar de minha doença. Creio que pela diarréia. O meu ouvido está se tornando cada vez mais fraco devido a minha doença intestinal. E é esta diarréia permanente, acompanhada de cólicas às vezes insuportáveis, que me debilita e atrapalha o meu trabalho.

O mestre começou a falar de seus males, e assim despia-se do seu gênio para se tornar um mortal comum queixando de seus sintomas. A atroz diarréia mantinha-o afastado do convívio social, agravada pela surdez progressiva. As cólicas e a imperiosa necessidade de evacuar faziam-no temer ficar fora de casa. Este desconforto trazia a insegurança que ele não queria demonstrar. Este *morbus intestinalis,* como o aprendi com meus pacientes, coloca uma angústia na alma do doente. E ele não era diferente. Suas queixas tornavam-se numerosas, o humor ora era bilioso ou melancólico, ora colérico; o espírito se entristecia, o mundo perdia sua beleza e o sorriso sumia dos seus lábios. Suas atitudes agressivas não eram legítimas. Percebi que ele tinha consciência de que deveria ser muito forte para não se abater com a doença. Com grande convicção dizia-me que não aceitava que o seu trabalho fosse interrompido daquela forma. Era um Prometeu que precisava livrar-se das correntes que o mantinham preso à doença e à sua casa.

— Tenho sido vítima de médicos incompetentes. Veja o senhor que um médico burro aconselhou-me a tomar banhos frios, enquanto o outro sugeriu banhos tépidos no Danúbio.

— Os banhos são um tratamento consagrado e não vejo nenhuma burrice em sua indicação, Ludwig, interveio Malafatti, que até aquela momento assumia uma atitude de observador. Era muito mais corporativismo do que bom senso, a opinião de Malafatti.

— Desde que vocês médicos decidam a temperatura e o local. Se banhos em rios curassem, os indianos não teriam doenças. Por outro lado, doktor von Rosen, o senhor verá outra burrice quando eu lhe mostrar os meus braços. Um de seus colegas, doktor Vering tem-me aplicado inúmeros vesicatórios com crostas de cascas de árvores. Meus braços estão num estado lamentável e sinto dores ao tocar piano ou escrever.

Os *Blasenpflaster* ou *vésicatoires,* como dizem os franceses, são um tipo de emplastos feitos com pó de árvores ou de pequenos insetos voadores, cantáridas, que devem ser aplicados bem quentes e cuja finalidade é provocar uma irritação na pele com formação de bolhas ou vesículas, para o tratamento de diferentes formas de dores. Infelizmente o paciente tem muito desconforto com o seu uso. Os médicos da França, da Alemanha e aqui da Áustria prescrevem-nos com muita freqüência. Eu particularmente só os receito para dores da pleura ou das articulações.

— Preciso examiná-lo, mestre.

— Quer que eu lhe mostre os meus braços?

— Não, senhor. Vou examiná-lo em seu quarto, e

peço-lhe que tire sua camisa e também mostre-me sua barriga. Olhei para Malafatti, como a pedir apoio.

Minha clientela era de gente modesta em todos os sentidos; assim, apesar de não ser muito comum em nossa cidade, eu costumava pedir aos pacientes que tirassem a camisa e também as calças, o que era aceito sem muita resistência. Van Beethoven era o mais importante paciente que eu jamais tivera. Sua presença de certa forma me inibia a tratá-lo como um paciente comum, e eu pressentia estar prestes a tocar e examinar uma pessoa incomum. No fundo meus temores eram exagerados, pois mesmo as pessoas incomuns, de mais difícil trato, geniais ou geniosas, tendem a ser dóceis diante da doença ou do médico. O meu paciente não era exceção, mas também não era exatamente dócil.

— Os médicos são indiscretos e pouco se importam com o nosso conforto. Mas, que seja. Vamos até ao meu quarto. Venha, Malafatti.

Meu colega ajudou-o a despir-se, gentilmente ofereceu-me uma cadeira e a seguir afastou as cortinas de uma das janelas para que o quarto ficasse melhor iluminado. Agradecido, sentei-me e passei a inspecionar o meu doente, que sentado à beira da cama, vagava o seu olhar para o teto.

Seu rosto estava sereno; com uma mão toquei-lhe a testa, sentindo-a quente, e com a outra senti o seu pulso. Tinha sinais de febre leve. O rosto e a barriga mostravam a pele ressequida , o que interpretei como resultado da febre e da diarréia. Os braços tinham realmente um aspecto lastimável, com marcas e cicatrizes dos vesicatórios; nem sempre os métodos mais modernos são os menos cruentos. Os olhos estavam levemente amarelados. Sua forte compleição exibia um tórax bem desenvolvido, assinalado em alguns pontos po finos vasos formando pequenas redes, como se fossem pequenas estrelas vermelhas em sua branca pele. Suas mãos eram fortes, cheias de pêlos, com extremidades achatadas e as palmas eram coloridas por uma vermelho intenso que contrastava com sua palidez. Mestre Laennec costumava comentar que certas *maladies du foie* apresentam estes sinais.

Para surpresa de ambos, Beethoven e Malafatti, retirei da minha pasta um aparelho cônico, de madeira, inventado pelo *docteur* Laennec e chamado por ele de estethoscope, usado para ouvir os pulmões ; além de ampliar os sons, evita o desagradável e constrangedor contato de nosso ouvido com o corpo do paciente.

— Ora, disse Beethoven, não sabia que o senhor também sofria de surdez.

— Mas o que é isso, von Rosen? O que está fazendo? Indagou Malafatti espantado. A surpresa do meu colega era comovente; daria um exemplar funcionário médico em algum ministério: sempre desatualizado.

Expliquei aos dois a finalidade daquela pequena peça de madeira que os médicos de Viena ainda desconheciam ou fingiam ignorar. Malafatti fez-me prometer conversar mais sobre ela e deixá-lo experimentá-la em um exame clínico.

— Ora, você pode usar uma de minhas cornetas, Malafatti, brincou Beethoven. Por que você não pensou nisto?

A ausculta pulmonar pareceu-me normal. Pedi ao doente que deitasse e inspecionei seu abdome, que pareceu-me estar com certa distensão. Quando comprimi os intestinos, ele não pôde esconder a dor que aquela manobra despertava o que demonstrava um sinal de inflamação e intoxicação.

Calmamente iniciei a percussão sob os olhares atentos de Malafatti. Minha mão esquerda estava espalmada sobre o abdome, enquanto que um dedo da mão direita martelava firme e ritmadamente sobre um dos dedos espalmados. Os sons iam aparecendo e mudando de timbre à medida que novas áreas iam sendo percutidas. O som maciço nos flancos denunciava uma provável presença de hidropsia, enquanto que do centro da barriga ecoavam os sons de um tambor, acusando a presença de gases nos intestinos. Percuti novamente a área, e fui subitamente interrompido por uma ordem imperiosa e angustiada.

— Pare! disse Beethoven. Pare, não quero mais sentir este som.

— Perdão, mestre, não tive a intenção de provocar-lhe dor.

— Eu não estou sentido dores...Ou melhor, minha dor é outra. Eu disse que não quero mais sentir os meus sons..

— O senhor quer dizer que ouviu os sons..

— Não, para ouvir os meus sons eu não preciso escutá-los.

— Não entendi. Mas por quê devo interromper o exame? Não compreendo...

— O senhor não deve e nem pode compreender. Oh! Deus, estas batidas, estes sons batendo à minha porta. É assim que o destino bate à porta ?

— Bem, eu não sei...mas não tinha intenção de incomodá-lo.

— Não é o senhor que me incomoda, é o destino

— Mas o que tem o destino a ver com meu exame? Pareceu-me que ele delirava, tal a reação incontrolável que minhas pancadinhas provocaram no mestre;

— Basta, doutor Rosen. O senhor não sabe o que está dizendo e nem vou explicar-lhe.

Malafatti não quis intervir no incidente. Conhecia muito bem o seu amigo e sabia quando calar-se. Em meu socorro apenas fazia sinais para que eu não insistisse em perguntas ou em continuar o exame. Realmente os acontecimentos deixaram-me constrangido.

Beethoven vestiu sua camisa e sem uma palavra dirigiu-se ao piano na sala contígua , sentou e decididamente tocou : Sol, Sol, Sol, Mi bemol.

Malafatti repetiu: pam pam pam pammm.

Ficamos em silêncio.

Eu estava aturdido e não entendia o signficado daquelas ações e daquele momento. De volta à terra, Beethoven percebeu novamente a minha presença e o meu constrangimento.

— Não se importe doutor, não quis ofendê-lo, desculpava-se o meu paciente. Onde o senhor aprendeu a percutir o corpo? Malfatti nunca me fez isso, assim como nenhum outro médico deste país. Por quê?

— Eu treinei esta técnica em Paris, senhor. Mas ela foi criada aqui mesmo em Viena pelo doutor Auenbruger.

— Não o conheço. Quem é ele?

— Bem, talvez o senhor o conheça de outra maneira. Ele também é músico mas atualmente está com com 87 anos e já não pratica nem a medicina nem a música.

— Como posso conhecer todos os músicos desta cidade? Sabe o senhor que Viena tem atualmente cerca de seiscentos pianistas e que mais de trezentas pessoas se intitulam compositores? Quase todos compõem a mesma coisa...

Não ousei comentar a observação.

— Mas faz sentido, continuou. Um pianista incompetente a menos e um médico brilhante a mais. Em vez de martelar o piano, adotou a mesma técnica para torturar a barriga. Nisto foi bem sucedido, espero. E quanto ao senhor?

— Juro que não toco nem componho nada.

— Não foi isso que eu quis dizer. O que é que o senhor concluiu depois de dedilhar minha barriga?

— Acredito que o senhor é vítima de uma intoxicação e inflamação dos intestinos, o que explica a sua diarréia pituitosa e biliosa. Além disso, acho que uma doença no fígado enfraquece seu organismo. Segundo penso...

— Diga as coisas às claras e sem rodeios. Não seja burro como o doutor Waubruch que gosta de se exibir em latim para não mostrar ignorância em alemão e não resolve os meus problemas. O senhor acha que eu sofro também do fígado?

— Sim.

— E por quê?

— Porque ele me pareceu um pouco aumentado e talvez haja um pouco de líquido em seu ventre. É uma leve hidropsia. E a causa mais freqüente de hidropsia é um morbo hepático.

— Mas o que sempre me incomodou foram os gases.

— O senhor tem razão. Os gases podem preceder a água. Le vent avant la pluie - o vento antes da chuva - como dizem os franceses.

— Não será o fígado que maltrata meu intestino?

— Ao contrário, senhor. Creio que a doença do seu intestino adoece também o seu fígado. A sua diarréia biliosa mostra uma perturbação deste orgão.

— E que remédios devo tomar?

— Trouxe comigo alguma coisa de que o senhor precisa. Já imaginava que certos remédios lhe seriam úteis.

— Nada de vesicatórios nem banhos frios nem sangrar-me até a palidez ou outro moderno processo de tortura?

— Nada disso, mestre. Procure agora descansar e eu darei ao amigo Malafatti os seus remédios. Mas não vou deixar de recomendar-lhe banhos mornos de imersão, passeios curtos ao ar livre e comidas leves.

— Mais banhos. Por quê os banhos?

— É que os banhos mornos de imersão retiram o excesso de água do corpo e eliminam certos humores tóxicos. Faça isso, por favor.

— Muito bem, acho que vou seguir suas ordens.

Prescrevi-lhe uma poção de ratânia, para tomar às colheradas, e gotas de ipecacuanha. Valeram-me os medicamentos que trouxera de Paris. A medicina francesa enriquecera-se bastante com o conhecimento médico das plantas exóticas com propriedades medicinais, trazidas das mais remotas regiões da terra; essas novas aquisições e suas formulações já podiam ser estudadas na *Pharmacopée Royale Galenique et Chymique* . A ratânia e a ipeca são plantas usadas pelos nativos da América do Sul , e mostram uma notável propriedade antidiarréica. Para os distúrbios da digestão e para a febre, receitei-lhe gotas de quássia, dissolvida em um cálice de vinho branco . Nada mais havia a fazer no momento, a não ser aguardar os resultados. Notei que ele queria ficar a sós. Quanto a mim, desejava a mesma coisa, pois sentia necessidade de meditar sobre aquela manhã.

Despedi-me do mestre, fazendo-o prometer que dele teria notícias através de Malafatti . À saída, troquei impressões com meu colega e marcamos um novo encontro.

IV

Ocupei-me de minha clientela modesta e não mais tive notícias do meu famoso cliente. Malafatti mandou-me um bilhete dois meses depois de nosso último encontro. Seu amigo tinha apresentado grande melhora , a diarréia cessara e ele estava de volta ao trabalho com muita disposição.

Os meses e anos passaram sem que eu fosse novamente chamado a ver Beethoven, assim como não tive mais nenhum encontro com Malafatti. Só ocasionalmente eu me lembrava daquele dia na casa da condessa Erödy, mas não era o doente que avivava minha memória e sim aquela curta frase que ele tocara ao piano. Não havia como esquecê-la, só que eu não tinha poderes para decifrá-la, se é que ela realmente significara alguma outra coisa naquele momento que não fosse um acorde. Os artistas são estranhos, às vezes; é melhor ouvi-los do que ocupar-se com suas ações pessoais.

Dois anos após aquele episódio, em dezembro de 1808, recebi outro bilhete de Malafatti:

Amigo von Rosen, desculpa tão longo silêncio. Chegou o grande momento. Se não tiveres compromisso para a próxima quinta feira a noite, dia 22, recomendo-te ouvir as novas obras do nosso querido paciente; porém, mesmo se tiveres, cancele tudo e vá ao teatro. Encontrarei contigo se for possível. Teu, Malafatti.

O bilhete chegou-me na segunda-feira e no mesmo envelope uma entrada para o teatro. Lá estava : "Theater-an-der-Wien-Concerto do Sr. Ludwig van Beethoven. Quinta-feira. Vinte e dois de dezembro às 7:30 da noite"

Nem por um momento pensei em faltar . Havia um mês que em Viena não se falava de outra coisa. Gostaria de ver o meu paciente em seu trabalho com toda autoconfiança, sem o temor da ameaça intestinal.

Na quinta-feira deixei o meu hospital mais cedo. As ruas já estavam escuras e muito frias e a neve era esperada a qualquer momento. Demorei-me em casa o suficiente para tomar o chá, agasalhar-me e apanhar o ingresso.

Na porta do teatro, várias pessoas já esperavam pela abertura das portas. Aproveitei o tempo que dispunha para ler o grande cartaz que divulgava o programa da noite.

Theater-an-der-Wien
Concerto do Sr. Ludwig van Beethoven
Programa

Primeira parte: Sinfonia Pastoral
Hino da Missa em Dó
Concerto No. 4

Segunda parte: Sinfonia N. 5
Sanctus da Missa em Dó
Fantasia para piano solo
Fantasia para piano, orquestra e coros.

O *Autor ao piano.*
Todas as peças são de sua autoria, completamente novas e ainda não foram publicadas.

O meu lugar na platéia era de excelente localização e caro; não acreditei que Malafatti o tivesse comprado. Tal gesto não fazia parte de sua natureza. Provavelmente fora um presente do sr. Beethoven, talvez... Mas isso já não interessava, e sim o que viria a seguir.

O teatro estava completamente lotado e o público parecia hipnotizado por aquela vulcânica figura que surgiu no palco. Meu paciente parecia que nunca estivera tão forte. Vigor, muito vigor, era o que ele aparentava. Gostaria de comentar isso com Malafatti, e embora o procurasse discretamente na platéia inferior e nos camarotes, não consegui localizá-lo.

A primeira parte do programa terminou com uma manifestação entusiástica, embora alguém ao meu lado tenha comentado que só ela já seria suficiente para um programa. Durante o intervalo, enquanto tomava um copo de vinho, Malafatti veio ao meu encontro.

– Von Rosen, fico feliz em ver-te aqui. Toma, disse entregando-me um papel, só abra e leia depois de ouvir o primeiro movimento da sinfonia que abre a segunda parte. Estou com convidados e não posso estar contigo; outra hora conversaremos. Despediu-se tão apressadamente que não tive tempo de reagir ao encontro.

Voltei para minha poltrona com o papel na mão. Ardia em curiosidade e em vontade de abrí-lo, mas não quis desfazer o mistério. O que haveria de especial na nova música do senhor Beethoven? Por que teria de haver surpresa ou mistério? Tais perguntas só aumentavam minha expectativa para o programa que viria a seguir.

Orquestra pronta. Chefe de orquestra pronto, dando os últimos olhares aos seus músicos. Um gesto, uma ordem, um ataque e quatro notas ecoaram como jamais alguém sonharia.

Pam pam pam pammm... Sol, Sol, Sol , Mi. .Meu Deus, a frase, a frase que eu ouvira há dois anos, naquela manhã, ao examiná-lo. As notas que jamais me sairam da cabeça, transformadas no mais magnífico efeito que minha alma já sentiu. Estonteado, perplexo, encantado, assim fiquei a ouvir até o fim o primeiro movimento. A seguir, abri lentamente o papel que Malafatti colocara-me na mão.Estava escrito:

"So pocht das Schicksal an die Pforte". Foi isso que ele disse quando um amigo lhe perguntou o significado das quatro notas que abrem esta música. Eis o que ele sentiu com o teu exame. Guarda contigo este momento quase divino. Malafatti.*

Acho que Viena nunca ouvira nada igual. O mundo nunca ouvira!

Aquela figura agradecendo os aplausos parecia iluminada, era todo majestade, um incrível herói que acabara de vencer uma fantástica batalha.

Prometeu fora punido por Zeus por revelar ao homem o segredo da divindade: o fogo; estaria o meu amigo sendo castigado pelos deuses por revelar aos mortais comuns a mais transcendente música? Prometeu fora acorrentado à montanha e uma águia vinha toda manhã prender suas garras em seu corpo e alimentar-se do seu fígado, o qual regenerava-se durante a noite. Naquele dia eu me convenci de que o nosso Prometeu vencera seu cruel destino arrebentando as correntes que o prendiam. Mas eu não acreditava que seu fígado se regenerasse.

Ao terminar o concerto, uma multidão avançou pelos

(*) É assim que o destino bate à porta.

corredores e camarins à procura do compositor. Achei que poderia cumprimentá-lo em outro dia, afinal era possível que tivéssemos muito a conversar.

Acho que Malafatti também tinha resolvido abraçar o mestre mais tarde. Foi graças às nossas decisões que nos encontramos à saida do teatro.

— E então, não foi uma grande noite? sorria Malafatti.

— De fato, você tinha razão. Nosso amigo é um gênio.

— Leu meu bilhete?

— Sim. Fiquei muito emocionado. Só agora liguei as coisas: minha percussão e de como ela foi sentida por Beethoven. Enfim, não sei se me sinto feliz e orgulhoso por dar a ele um tema para uma de suas composições, ou se lamento que ele tenha percebido, como uma premonição, o futuro que o aguarda. De qualquer maneira, não esperava uma conseqüência tão interessante de um exame clínico rotineiro.

— Você tem razão, esta sinfonia é quase sobrenatural. Parece-me que ele vai fazer uma dedicatória...

— Eu ficaria muito honrado.

— ...desta obra para o príncipe Lobkowitz.

— E o que o príncipe fez para merecê-la?

— Não tenho a menor idéia, ou melhor, tenho várias. De qualquer forma ele tem o direito de dedicar a quem lhe aprouver uma obra sua.

— Mas convenhamos Malafatti, sem eu..

— Ele não precisa de você para se inspirar

— Nem se você o sugerisse?

— Sugerir-lhe o quê?

— Dividir a dedicatória...

— Não o sabia vaidoso, von Rosen; não vou dizer pretensioso, bem entendido.

— Não é para mim que quero reconhecimento, mas apenas deixar registrada a contribuição da Medicina a um momento musical.

— Não entendi.

— Pois veja, quando quiserem saber quem sou e por quê a música também foi dedicada a mim, a verdadeira razão virá à tona.

— Nunca ouvi tantos disparates, caro amigo. Você está realmente chocado com o que ouviu esta noite.

— É, acho que você está certo. É que foi grande demais para mim... Eu jamais imaginaria que se pudesse fazer música assim.

— Oh, ele faz música até sentindo trovões e relâmpagos, como você pôde ouvir. Mas, diga-me von Rosen, posso voltar a pedir-lhe que me ensine a arte de percutir?

— Por quê você renovou o interesse neste detalhe clínico?

Malafatti acenou para uma carruagem que passava. Dirigiu-se para ela, abriu a porta e com o pé no estribo, voltou-se para mim: bem, nunca se sabe o que pode acontecer ao se percutir um abdome: um novo ritmo ou uma consulta mais cara.. Nunca se sabe. Isto deve ser melhor explorado em todos os sentidos, meu caro. Boa noite.

Foi a última vez que nos vimos. Seu interesse por detalhes de um exame clínico fora apenas uma brincadeira.

Quanto ao mestre, jamais voltou a solicitar meu auxílio.

Quanto a mim, acho que nunca mais fui o mesmo médico depois daquela noite. Até o momento de retirar-me da prática clínica, tentei ouvir uma música, ou mesmo uma frase como aquela, nas centenas de percussões que fazia diariamente. Esforço inútil . Tudo o que pude ouvir foram os sons de gases, líquidos ou sólidos. Nunca mais ninguém achou que o destino estava batendo à porta.

Regresso ou regressão

I

Saul Divino vencera quase tudo na vida, menos o medo de avião. Isso não é nenhum caso raro, pois o que mais existe neste mundo é fobia. Esta não é mais uma história de fobia, porém uma surpreendente e misteriosa aventura resolvida de forma detetivesca por Godofredo, um psiquiatra tupiniquim utilizando sua desconhecida sensibilidade mediúnica.

De família simples do interior, Saul Divino cresceu sem grandes instruções e apesar de ter se graduado em economia, a duras penas, a maior parte de seu conhecimento derivava de autodidatismo. A falta de intimidade com as letras e livros era compensada pelo insuperável talento para ganhar dinheiro. De seu curso de economia aproveitou apenas o conselho de um amigo para investir seu pequeno capital numa pizzaria. Vinte anos depois tinha a maior rede de pizzarias do estado, e com as mãos de um Midas transformava em lucro tudo o que tocava.

Não havia como ter mais dinheiro, e toda a família participava no acúmulo da riqueza.

À medida que sua situação financeira se tornava cada vez mais sólida, passou a ser líder de associações, consultor de empresários, íntimo de políticos e dos corredores de Brasília, e o pior de tudo, a ter também a obrigação de dar-se ao lazer, por imposição da família. Segundo sua ótica, lazer deveria ser proibido, tanto por ser um fator de prejuízo como uma perda de tempo. Para desempenhar todas essas atividades profissionais e recreativas viu-se obrigado a viajar, o que certamente implicava em contínuo deslocar-se, tornando-o um dos clientes mais especiais de certa agência de viagens.

E foi assim que Saul Divino percebeu que não era totalmente feliz. Cedo descobriu que detestava o avião, ou melhor, ter que viajar de avião. Quanto mais viajava mais aborrecido e tenso se tornava, a tal ponto que seu mau humor podia ser notado uma semana antes da viagem. Este comportamento de total hostilidade à obrigação de viajar passou a interferir nos seus negócios durante o período que antecedia o vôo, assim como no relacionamento com sua família. Em casa, a sua mudança de humor e de hábitos, tais como visitas mais freqüentes ao banheiro, perda do apetite e do assunto, ar contemplativo e dificuldade para dormir eram logo reconhecidos pela mulher e filhas como viagem à vista.

Porém, o mais absurdo era a mania que Saul Divino adquirira de vigiar o tempo. Perscrutar obsessivamente o céu e as nuvens, detectando sinais de mau tempo ou de chuva que poderiam perturbar a tranqüilidade de seu próximo vôo, era uma árdua tarefa que começava dez dias antes da viagem e só terminava quando regressava. Qualquer lugar servia de posto de observação, fosse das janelas de seus escritórios, na rua, no carro ou em casa, durante o dia ou à noite. O aspecto local do céu, fechado ou brilhante, era por ele projetado para todo o percurso do avião, não interessando a distância ou diferenças climáticas das diversas regiões que sobrevoaria. Ignorava a previsão do tempo pelos organismos oficiais.

Tudo seria mais fácil se não fossem as viagens; as viagens seriam mais fáceis se não fosse o avião; o avião seria mais fácil se fosse insensível ao tempo e não sacudisse ou caísse. Tudo seria mais fácil se não tivesse que se ocupar com a dupla meteorologia-avião; tudo seria mais fácil se não precisasse sair de casa.

Durante muito tempo Saul Divino recusou-se a tocar no assunto ou a admitir a fobia pelo avião, mesmo com a sua família ou principalmente com ela. Jamais daria um atestado de fraqueza, nunca!

Compromissos suspensos, desculpas pouco convincentes para não viajar, traduziam prejuízos que aos poucos foram minando a resistência de Saul Divino em ser ajudado de alguma forma. Pois foi num momento de descuido que ele confidenciou a Alcides, um amigo íntimo, a causa de sua aflição, e foi através dele que veio a saber da existência do dr. Godofredo, um psiquiatra e psicólogo especializado em tratamento de fobias e outras aflições.

II

Godofredo era um psiquiatra de larga formação humanística, que cultuava o bom humor e não era arrogante. De formação espírita, norteava seu comportamento pela doutrina kardecista. Para grande frustração de sua mãe ele não era médium, apesar de ser encorajado a se esforçar para tal. Durante o curso médico, procurava associar a sua doutrina com as regras da ciência, atitude que às vezes lhe trazia situações embaraçosas.

Assim que se formou em medicina, sua mãe aconselhou-o a fazer carreira em cirurgia. Quem sabe se tal qualidade não poderia facilitar a incorporação de algum famoso cirurgião do passado no seu querido filho? Mas que não fosse um Fritz ou tivesse sotaque alemão. São muito rudes os germânicos. Um espírito inglês ou escocês seria realmente uma incorporação fora do comum.

Godofredo não se entregava aos devaneios da mamãe, entretanto, deve ter sido a sua crença espiritualista que o levou a uma especialização médica mais próxima possível dos segredos da alma, tornando-se assim um psiquiatra e psicólogo.

Com boa formação especializada, dominou a técnica do hipnotismo com rara facilidade e segurança. Em poucos anos tornou-se conhecido pelos sucessos que obtinha no tratamento do pânico e das mais estranhas fobias.

III

Não foi fácil para Saul Divino decidir apresentar-se ao médico, e poderia ter sido mais simples ou confortável se não tivesse que sustentar o olhar perquiridor do doutor, que parecia não ser de muita conversa, enquanto ele ali sentado num grande sofá de couro não sabia como começar. Mas Godofredo conseguiu diminuir seu constrangimento quando procurou saber porque ele, Saul, estava ali.

— Puxa, pensei que o senhor fosse mudo ou estava esperando passar a dor de dente. Godofredo sorriu.

— Aqui você fala e eu escuto.

—E tenho de pagar. Na minha firma eu escuto o dia todo e ninguém me paga .

E assim Saul Divino passou a falar, falar, até que falou de suas preocupações, seus temores, sua fobia, repetindo toda a história até aqui conhecida. Só agora notava o quanto precisava falar e desabafar.

Durante quatro semanas Saul Divino falou e não teve resposta ou solução para o seu problema, enquanto que Godofredo parecia não ter nenhuma pressa em resolvê-lo. Já começava a achar que estava perdendo tempo e dinheiro: muito devagar esse Godofredo. Saul Divino reagiu com enérgica rejeição à prescrição de antidepressivos. Que Godofredo achasse outra saída.

A próxima manifestação de ajuda do médico veio através da sugestão de que a hipnose poderia ser a melhor forma de abordagem e tratamento para a sua fobia . Saul Divino manifestou espanto e medo, tendo a visão de espetáculos de mágicos hipnotizando pessoas na platéia. Iria perder seu relógio, carteira e dizer segredos bancários? ironizou.

Godofredo explicou o melhor que pôde. Através da hipnose Saul Divino iria fazer uma regressão. Prá onde? Para o seu interior, para sua infância. A desconfiança do pizzaiolo era muito grande e assim resolveu pedir um tempo para pensar . Como nos negócios, tem certas coisas que a gente não pode resolver sem consultar o travesseiro.

IV

Durante alguns dias Saul Divino ocupou-se em considerações relativas à proposta do dr. Godofredo. Se era para regressar ao interior ou para sua infância, ele não precisaria de ajuda do médico e ainda economizaria o dinheiro de muitas sessões. Ele sabia como fazer, se é que essa tal de regressão pudesse realmente ajudar. Reuniu-se com a mulher e as filhas para dizer que estava disposto a se tratar do medo do avião, mas iria ele próprio aplicar o remédio de acordo com a proposta do médico, e sem drogas.

E foi assim, por uma pequena confusão entre regressão e regresso, traído pelo seu vocabulário, que Saul Divino começou o tratamento de sua fobia por conta própria. Depois de tomar as providências para deixar a direção de sua rede de pizzas com sua mulher, despediu-se da família. A seguir, com firme decisão, regressou para sua cidade natal, no interior do Estado, onde passaria trinta dias com sua mãe, tempo provavelmente suficiente para se curar.

Sua pequena cidade de Andarituba só era acessível por carro, através de estradas primitivas. Com apenas seis mil habitantes, não tinha campo de aviação e nenhuma rota aérea sobre ela. Desse modo, na ausência absoluta do som das turbinas dos jatos a oito quilômetros acima de sua cabeça ou de qualquer outro contato aeronáutico, Saul Divino veio a esquecer-se, finalmente, do avião e não mais se preocupava com o céu. Sua única preocupação era medicar-se em conformidade com a sugestão do dr. Godofredo: regredir ao seu interior e à infância.

Tendo em mente esses dois objetivos, Saul Divino passou a visitar, a cavalo, as redondezas e as terras vizinhas a Andarituba, embrenhando-se ao máximo no interior da região. Para completar o programa, decidiu recuperar a infância: voltou ao córrego do Lambari para pescar e nadar como fazia com seus primos, mas tudo o que encontrou foi um filete de água que não cobria seus joelhos. Voltou à sede da Fazenda Miranda, onde aos dez anos havia se perdido no imenso casarão e tudo que viu foi uma casinha abandonada, escondida pelo matagal.

Voltar ao interior estava até fácil, mas à infância era-lhe impossível.

Mesmo assim, só com metade do remédio, a paz do silêncio e a desobrigação de viajar, Saul Divino, depois de um mês, já estava se considerando curado. O remédio não era tão difícil de tomar.

Durante aquele tempo suportou o tratamento com estoicismo, mas a partir daí foi sentindo falta da cidade grande, do conforto e desconfortos que ela lhe proporcionava. Rapidamente vieram o tédio e a sensação de inutilidade. Para ele isto foi um sinal de que já estava curado e pronto para voltar.

Um novo Saul Divino regressava à capital e com muitos planos de expansão de sua poderosa rede de pizzarias.

A primeira semana de retomada dos negócios foi um sucesso junto à família e aos funcionários. Não havia como negar o valor das férias; o apetite para decisões coincidia com o bom humor em tomá-las. À medida que sua presença foi sendo novamente sentida, começaram a voltar os convites de viagens e de novo os compromissos empresariais irrecusáveis.

Porém, a recaída não demorou. Em pouco tempo Saul Divino viu-se novamente a vigiar o tempo.

Chegou à conclusão que essa tal de terapia de regressão era muito relativa, pois dependia de para onde o freguês voltaria. Inconformado com o paradoxal, inconveniente e fugaz tratamento sugerido por Godofredo, resolveu que o procuraria assim que tivesse tempo.

V

Dois meses depois a situação parecia ter voltado ao que era antes, com certa tendência a se tornar insustentável. O pânico das viagens voltava como fantasmas que se recusavam a sair da casa. Decidiu que se entregaria novamente a Godofredo, charlatão ao seu ver, mas o único que lhe parecia propor alguma solução.

— Você me deu um remédio falso da primeira vez.

— Mas que remédio, Saul? Eu não lhe dei nada.

— Pode não ter dado mas sugeriu...

— Mas eu sugeri o quê?

— Esse tal de regresso para o interior, a infância e coisa e tal.

— Não estou entendendo. Afinal, o que foi que aconteceu?

— Fiz o que você mandou. Regressei para o interior, bem no interior da minha terra, e por lá fiquei um mês inteiro. Mas você não me disse como é que se faz para voltar à infância...a gente só visita as coisas da criancice mas não pode entrar nelas. Ou seja, um remédio de que se toma só a metade. Mesmo assim eu melhorei. Deixei de assuntar o céu e pensar no avião. Mas agora voltou tudo. E você, seu doutor Godofredo, que ganha muito mais prá escutar do que para falar, vai justificar seu dinheirinho... aliás, o meu dinheirinho.

— Hoje você só sai daqui depois de explicar coisa com coisa; hora extra por minha conta. Vamos, desembuche.

Meia hora depois Godofredo inteirou-se de toda a confusão em que Saul Divino tinha se metido. A outra meia hora foi dedicada a explicar-lhe o que era e o que se pretendia com a regressão hipnótica. Desta vez parecia que Saul Divino tinha entendido e concordado com a proposta, apesar do receio de ficar preso no passado sem poder acordar; porém qualquer coisa parecia melhor e menor do que a maldição do vôo. Resolveu aceitar.

VI

Saul Divino chegou ao consultório por volta das quatro da tarde. Encontrava-se preparado para a hipnose após um trabalho inteligente de Godofredo. Mesmo assim, de forma surpreendente entregou-se ao comando da contagem regressiva de dez a um, e em quinze minutos estava num profundo nível de hipnose. Vagarosamente foi sendo levado à sua infância.

Em sua voz sussurrante, Saul Divino descrevia a adolescência e uma infância absolutamente monótonas e normais, sem nenhum fato que pudesse explicar sua fobia. Foi levado até ao útero materno e nenhuma ocorrência tinha perturbado aquela gravidez. Godofredo não queria dar-se por vencido. Resolveu trazê-lo novamente à infância com especial atenção a fatos que pudessem ter ocorrido entre os dez e os quinze anos.

Saul Divino viu-se na casa de sua avó, com onze anos, chupando mangas na sala de visitas, debruçado na janela, cerca de cem metros dos trilhos por onde passava o trem de ferro. Observava que alguns quadros nas paredes da sala tremiam à passagem do trem, e um deles chamou-lhe especial atenção. Era uma foto contida numa moldura bastante simples e ingênua, retirada provavelmente de um jornal ou revista, mostrando um grupo de pessoas em frente a uma grande torre.

— Aproxime-se dela, Saul. Quem são as pessoas? Quem você reconhece?

— É uma foto com um punhado de gente diante daquela famosa Torre de Paris...e no meio delas tem um cara com um chapéu igual ao do Santos Dumont. Um momento...mas é o próprio Santos Dumont.

— Então é a Torre Eiffel. Foto tirada no início do século, certamente.

— Pois é. Tem um sujeito ao lado dele que eu acho que conheço...aliás, tenho certeza que conheço.

— Saul, esta foto deve ter sido tirada entre 1900 e 1920...

— É, a coisa fica meio confusa...mas eu conheço o cara. Tenho certeza.

Saul foi despertado e junto com o despertar, a decepção pelo fracasso da regressão. Continuava sem saber porque vigiava o tempo e detestava o avião, além de não se lembrar de nada após ter sido adormecido.

Godofredo contou a Saul Divino os fatos e diálogos de sua primeira aventura hipnótica, destacando o encontro da fotografia de Santos Dumont e da pessoa que Saul Divino não tivera dúvidas em reconhecer. Procurou convencê-lo a repetir outras sessões; agora não deveria interromper o tratamento.

VII

Aparentando descaso e descrença, assim mesmo Saul Divino apareceu para nova sessão de hipnose. Pelo menos perdera o medo de ficar dormindo para sempre e era um momento em que podia fugir do massacre dos negócios.

Godofredo compartilhou com ele a estratégia que pretendia adotar naquela sessão. Talvez a foto de Santos Dumont com o "conhecido" de Saul Divino pudesse ser uma pista interessante a ser seguida. Será que estaria lá em Paris, no início do século, a origem de seus problemas? Só que agora não seria uma regressão da vida presente. Poderia Saul Divino ter tido sua outra vida, passada em Paris? Era uma situação nova para Godofredo, tanto em especulação como em aplicação da hipnose; ele nunca havia tentado isso antes, isto é, levar um paciente a buscar respostas em outras vidas. Tentaria pela primeira vez a regressão a outras encarnações, mas no fundo sentia-se um charlatão. Mas a psiquiatria e a psicanálise não têm uma boa dose de charlatanismo recoberto e protegido com um verniz científico ?

Saul Divino topou a brincadeira desde que não precisasse pagar por ela. Afinal, cobaias não pagam.

VIII

Na sessão seguinte, apesar da expectativa, estava mais relaxado e atingiu o plano hipnótico em menos de vinte minutos. Godofredo enviou-o para Paris no ano de 1904.

— Vamos conferir, disse Godofredo. Onde você está, Saul Divino?

— Estou em Paris.

Godofredo exultou; foi como se tivesse acertado num alvo à longa distância. A coisa funcionara.

— Vá em frente, como você é? O que você faz?

— Vejo-me com vinte e três anos. Tenho fome e estou cansado de andar à procura de um emprego. É janeiro e está muito frio.

— Qual é o seu nome? indaga Godofredo.

— Victor.

— Reconhece o lugar onde você está?

— Sim. Estou em Neuilly, nos arredores de Paris.

— Prossiga. Tente ver os acontecimentos com mais rapidez.

— Bem, estou me dirigindo para um grande hangar . Tem muita gente trabalhando lá dentro. Estão construindo um enorme balão. Um moço baixinho e agitado comanda os operários. É o Santos Dumont. Não tem como confundir. Vou falar com ele.

— "Bom dia, senhor. É o comandante de tudo isso?" Acho que ele não gostou de ser interrompido.

— O que é que você quer?

— Preciso de trabalho. Sou mecânico.

— Entende de balões?

— Não senhor, mas posso fazer a parte mecânica de motores...

— Sabe ler, escrever e cozinhar?

— "Sim senhor", menti sobre o último item. Não podia perder um provável emprego, depois de dois meses procurando. Faria qualquer coisa para sair do frio e encher o estômago.

— Bem, disse com um ar zombeteiro, acho que vou precisar de um *valet de chambre*. Tome meu endereço. Procure-me amanhã às dez horas.

— Vamos prosseguir, interveio Godofredo. Vou levá-lo seis meses adiante. E agora qual é sua situação?

— Dumont não me quis como mecânico. Agora sou o seu valet de chambre! Aprendi a cuidar e escolher suas roupas, a preparar-lhe o *petit déjeuner*, a controlar a temperatura da água para o seu banho, abrir a correspondência, comprar flores ,etc. Já somos quase íntimos. Ele me dá bons presentes, principalmente roupas. Hoje quis que eu lhe fizesse massagens para relaxar e dormir. Disse-lhe que isto não sabia e não tinha o menor jeito para a função. Perguntou-me então se eu queria ser despedido e eu respondi que adoraria fazer massagens. Ele está feliz com o lançamento de seu livro *Dans l'Air* e foi para a mesa da sala autografar alguns exemplares. Observei que de tempo em tempo ele passava a mão em um velho exemplar da biografia de Leonardo da Vinci. Parecia fazer um diálogo com o velho mestre inventor. Ao abrir uma das páginas daquele livro, vi por cima de seus ombros a figura do protótipo de um avião que Da Vinci chamava de *ornitotteri*. Essa visão e esse nome me deixaram tonto e com imensa angústia. Eu jurava que conhecia aquela máquina...

— Está bem, vamos avançar mais um ano, ordenou Godofredo. Você já pode falar sobre Dumont?

— Já. Somos bons amigos e estamos nos entendendo muito bem.

— O Grand Patron é um homenzinho de um metro e cinqüenta e dois, pesa cinqüenta quilos e usa sapatos com saltos mais altos para aumentar sua estatura. Veste-se de maneira impecável, muito elegante. Tem vários chapéus, parecidos com aqueles de feiticeiras, talvez simbolizando o poder de voar. Tem muito cuidado com o bigode. Até o momento não o vi sair com nenhuma moça e não gosta de falar sobre casamento; acha que as duas coisas atrapalham sua carreira. Talvez as peças íntimas que eu encontrei no seu guarda-roupa, como uma camisola e uma calcinha cor-de-rosa, não tenham sido deixadas por nenhuma visita feminina...

— Durante a viagem que fizemos de nosso apartamento até o campo de aerostação em Neuilly, em seu moderno e possante automóvel – corríamos a vinte e cinco quilômetros por hora – ele pousou a sua mão sobre a minha.

"Vou lhe segredar uma coisa, Victor, que será nosso segredo para sempre... No Brasil, quando adolescente, muitos me chamavam de nanico, meia-quarta, pintor de trilho de trem de ferro e por aí afora. Depois que descobri meu talento para a engenharia e mecânica decidi fazer minha vingança em Paris. Nos meus balões e dirigíveis eu sou o senhor das alturas, acima de todos e a todos olho de cima para baixo; quem quiser ver o meu sucesso deve dobrar seu pescoço para trás. No ano passado ofereci a minha flotilha aérea ao ministro da Guerra, caso a França seja atacada por qualquer país. O ministro aceitou e é por isso que você vê os coronéis Hirschauer e Bourdeaux freqüentarem o meu hangar. Não sou mais nanico. Hoje eu sou um dos maiores homens de Paris. Você ainda vai voar comigo. Gosto de você. E se você for mais carinhoso nas massagens, posso até fabricar um avião e batizá-lo com seu nome".

— Prometi pensar no assunto. Afinal, ele não era tão feio assim.

Godofredo estava excitado com as descobertas e com o desempenho de Saul Divino na sua vida pregressa, mas seu cliente mostrava sinais de fadiga; assim, resolveu trazê-lo de volta e desligar o gravador. Ambos estavam exaustos.

IX

A princípio Saul Divino acreditou que estivesse sendo vítima de uma montagem ou farsa de gravação, pois ouvindo-a não podia reconhecer sua voz nem a maneira de falar. Era uma linguagem mais sofisticada e com elementos gramaticais e um vocabulário que ele jamais conheceu ou empregaria. Godofredo mostrou-lhe que sua mente poderia se tornar uma verdadeira máquina do tempo passado. O seu relacionamento com Santos

Dumont poderia estar em íntima associação com a sua acrofobia, o medo das alturas e do avião, mas até agora nenhum fato demonstrara isso. Talvez fosse necessário rever mais alguns anos vividos ao lado do pequeno mestre e surpreender uma situação que possa ter produzido a fobia na vida atual.

Saul Divino estava confuso diante dos novos acontecimentos. Seria ele mesmo aquele tal de Victor, ouvido na gravação? Mesmo prosseguindo com as sessões, não queria ouvir mais nada, era amedrontador; Godofredo que lhe fizesse o resumo e o diagnóstico. Tinha uma viagem marcada para a China, dentro de quatro meses e esse era o tempo que daria ao psiquiatra para desvendar o mistério.

Godofredo decidiu enviar Saul Divino a explorar e ver-se em diferentes anos junto a Santos Dumont. Assim, de 1906 a 1908 houve realmente uma frenética atuação do seu *grand patron* com balões, dirigíveis e finalmente pequenos aviões, porém nada que envolvesse diretamente Victor ou pudesse contribuir para o nascimento de sua fobia. Parecia a Godofredo que viver com um aeronauta, manusear suas plantas de engenharia, compartilhar de seu quarto, entrar e sair de hangares, ver subirem e descerem balões, não eram fatores predisponentes nem causadores do medo das alturas ou da máquina voadora. Pelo contrário. Tais familiaridades deveriam impedir o aparecimento de qualquer pânico relacionado ao vôo.

— Entretanto, quando Saul Divino identificou-se no ano de 1909, tornou-se inquieto, sua fala ficou mais rápida e ofegante e uma sudorese profusa molhava sua testa.

— Tenha calma Saul, lembre-se de que está sob hipnose e que não há perigo algum. O que é que o está perturbando tanto?

— Pela manhã, monsieur Dumont disse que hoje, dezoito de setembro, seria o meu dia de voar, como ele havia prometido há um mês. Eu iria voar no Demoiselle 21. Desde aquela época venho vigiando o céu para detectar qualquer tempo ruim que impeça a realização do meu sonho. Há três dias que as nuvens estão cinzentas e o céu está fechado. Fiquei triste. À tarde, com o tempo escuro e ventos mais rápidos, Dumont disse que minha viagem ficaria para a próxima vez. Nesta iria sozinho.Não discuti com o comandante. Aceitei a ordem e continuei a perscrutar o tempo. Fomos no nosso automóvel para o hangar no campo de Saint-Cyr. O tempo estava fechado e os técnicos insistiam para que Dumont adiasse o vôo. Nada o deteve. Decolou nessa tarde e minutos depois uma tempestade escureceu toda e região. Trovões e relâmpagos faziam um barulho ensurdecedor. Durante todo o resto da tarde e na manhã seguinte não tivemos notícias nem do piloto, nem do avião. Centenas de pessoas, a pé ou de carro, procuravam o que poderiam ser os destroços do Demoiselle. Eu chorava muito. Descobri que gostava do homenzinho.

Ao meio dia tudo se esclareceu. Dumont, vendo que a tempestade poderia derrubá-lo, resolveu desviar o trajeto e pousar na área do Castelo de d'Aion, de propriedade do conde de Galard, onde passou a noite.

— Depois desse incidente resolvi recusar outros convites de Dumont para voar, a não ser com um tempo absolutamente limpo.

Godofredo propôs avançar mais no tempo.

— Onde você está agora?

— Hoje é 5 de dezembro. Já não sou o *valet de chambre* de Dumont. Estou muito doente. Tenho tuberculose. Acabo de tossir muito sangue. Morro logo a seguir.

X

— E agora, quis saber Saul Divino, a que ponto chegamos?

— Olha Saul, acho que podemos resumir tudo da seguinte maneira. Em uma vida passada, no início deste século, você era um jovem francês chamado Victor e que veio a trabalhar ou juntar-se a Santos Dumont. Você tinha uma perfeita intimidade com as máquinas de voar, ou seja, em vê-las e ao seu patrão voarem. Certa vez Dumont deu-lhe um presente exclusivo e especial, convidando-o para voar. Você provavelmente não achava aqueles pequenos e desengonçados aviões muito seguros em um mau tempo, e assim, passou a vigiar o céu para não correr o risco de viajar com um tempo perigoso, já que Dumont não importava muito com isso. O dia 18 de setembro de 1909 marcou sua memória naquela época, pois os seus temores se concretizaram, isto é, um terrível mau tempo quase matou seu patrão e poderia ter destruído sua máquina. Acho que aquele enorme susto pode explicar a sua mania, nesta vida, de meteorologista involuntário. De fato, houve o perigo, mas nenhum acidente aconteceu e o avião não caiu; ao contrário, foi um sucesso a forma de como Dumont contornou o problema. Assim, a fobia pelo mau tempo tem uma explicação razoável, acho, mas quanto ao medo do avião ainda precisamos resolver. Além disso parece que você e Dumont estavam se dando muito bem...

— Mas o que é que você está insinuando? Que o Victor e Dumont eram bichas? Olha Godofredo, essa conversa já está indo muito longe. Se eu herdei daquele viadinho chamado Victor a mania de vigiar o céu, até agora nenhuma bichice me atacou. E vamos parar por aí. Prá mim chega de aviões, balões ou dirigíveis, massagens, camisola e criadinho francês. Pode parar que eu já me sinto curado.

— Não há perigo de você virar bicha, Saul Divino. Me deixa dizer o que realmente me intriga e que pode ser o elo final que estamos procurando..

— Que você está procurando, eu não. Isso já é feitiçaria, alma do outro mundo, sei lá.

— Tenho ouvido suas gravações inúmeras vezes, e há um detalhe sensacional. Você disse que enquanto Dumont autografava alguns livros na sua mesa, ele acariciou um livro de biografia de Leonardo da Vinci. E você viu um desenho que reconheceu e disse imediatamente o nome: *ornitotteri.* Fui pesquisar e fiquei sabendo que este ornitotteri era um protótipo de avião, uma máquina alada.

— E daí comigo?

— É muito natural saber que Santos Dumont buscasse inspiração nos trabalhos do grande mestre Da Vinci. Mas você conhecer algo tão particular não faz sentido, você não tinha cultura para isso. Assim, só resta uma explicação...

— Não vai me dizer que eu já vivi naquela época. Pelo amor de Deus. Eu não sou gato para ter tantas vidas. Não inventa. Você é maluco!

— Pois eu acho exatamente isso. Se na época de Santos Dumont você se indispôs com o mau tempo, o que poderia ter acontecido quando você estava na Itália no século XV? Pense nisso. Outra rodada por minha conta. Topa?

XI

Duas semanas se passaram. Godofredo não ousava chamar Saul Divino. Saul tentava esquecer a hipnose: tudo farsa, tudo bobagem. Mas, e se...

A curiosidade venceu.

— Godofredo você está livre na quinta-feira? Vamos viajar.

— Essa pode ser nossa última aventura, Saul Divino. Eu me preparei bastante para estar com você nesta grande regressão. E você?

— Eu estou confuso. Já não sei se estou atrás do avião que me meteu medo ou dum temporal que sacudiu meu avião ou das pessoas que eu já fui. Tudo isso me parece uma grande brincadeira. Só quero lhe dizer um detalhe. Como você sabe, eu vou fazer uma viagem à China daqui a dois meses. Depois de nossas sessões, por coincidência, não vigiei mais o céu...

— Ok. Mas como você já me disse antes, tomou apenas metade do tratamento. Vamos lá.

O plano hipnótico aconteceu como de rotina.

— Não tenha receio, Saul. Estou levando você para a cidade de Milão, na Itália, no século XV. Procure saber o seu nome e o ano em que está.

— É uma cidade grande, suja, muita gente nas ruas. Nasci aqui em Milão, tenho dezoito anos e me chamo Fabrizio. Meus cabelos são loiros e encaracolados. Estou vestido pobremente. Estamos em 1495. Moro num quartinho escuro nos fundos da oficina de mestre Leonardo. Meus pais me entregaram para o mestre e ele cuida de mim com muito carinho.

— O que é que você faz?

— Meu trabalho este ano tem sido caçar aves de todos os tipos, para que o mestre possa dissecá-las e estudar suas asas. Meu mestre passa horas e horas estudando asas e suas articulações, fazendo anotações e desenhando.

— Onde fica a oficina?

— A oficina ocupa um galpão na Corte Vecchia, um antigo palácio Ducal. Os portões deste palácio abrem-se para dentro da praça da Catedral.

— Mestre, vós pretendeis montar uma oficina para consertar asas de pássaros ? perguntei-lhe certa vez. Ele sorriu e não me deu resposta.

Mestre Leonardo tem 43 anos e muita paciência comigo. Ele gosta de me ver nu e de desenhar minhas nádegas. Certa ocasiao ele me disse que se eu não tivesse certas linhas do corpo de que ele gosta, já teria me mandado para a fogueira.

É interessante vê-lo desenhar. Há vários dias que está esboçando asas articuladas, como ele diz, só que não me diz para que servem. Ele costuma falar comigo, mas como se eu não estivesse presente; eu sirvo apenas para que ele não se sinta falando sozinho, isto é, ele fala comigo mas não é para mim.

— Mestre, porque estudais asas? Esta pergunta fez com que ele conversasse comigo.

— Vede Fabrizio, se o homem imitar a natureza corretamente, como por exemplo, os pássaros, talvez possa voar.

— Vós ides construir asas para os homens? É porisso que estudais os pássaros? Eu gostaria de ser uma águia.

— No momento eu procuro um modelo de asas que se adaptem às proporções e ao peso de um homem. Continuou divagando enquanto escrevia: parece que os pássaros não obedecem a uma lei matemática, ou às proporções entre a área da asa e o peso do corpo: o pelicano tem asas curtas e um corpo longo, enquanto que o morcego tem longas asas e um corpo muito pequeno...Mas com modelos pequenos, como brinquedos, poderemos achar as proporções corretas.

A voz que Saul Divino emprestava a Fabrizio começou a fraquejar, como um disco numa vitrola cuja rotação vai diminuindo. Godofredo interveio:

— Descanse um pouco, Saul. Respire profundamente. O que mais estava fazendo o mestre Leonardo?

— Ele mandou-me preparar sua mala de pintura, pois vai iniciar um trabalho no refeitório do convento de Santa Maria delle Grazie.

— Você já viu algum desenho de algum aparelho para voar?

— O mestre desenhou um aparelho que ele chama de ornitotteri. É uma espécie de prancha ou canoa, com certas polias e roldanas, na qual o piloto deve por-se de bruços; as mãos e os pés movimentam polias que fazem bater as asas e movimentar uma hélice...Deve ser mais ou menos assim.

— Qual o tamanho das asas?

— Doze metros. Acho que o modelo ficará pronto em setembro.

— Agora, Saul, vou levá-lo até o mês de setembro. Mantenha-se relaxado, respirando calmamente. O que acontece agora?

— O ornitotteri ficou pronto. Achei-o muito bonito. Gostaria de experimentá-lo. O mestre proibiu-me de sequer mexer na máquina.

— Como Leonardo vai fazer a coisa funcionar?

— Ele me disse que o experimento deve ser muito secreto, e que o telhado da Corte Vecchia é o lugar mais adequado da Itália para experimentá-lo. Ficando o ornitotteri num canto do telhado, atrás da torre, ele não seria visto pelos operários da catedral. O telhado tem cerca de dezoito metros de altura.

— E o que aconteceu? Ele experimentou?

— Hoje é uma noite de luar. Enquanto todos dormem, icei o aparelho até ao telhado. Fixei-o firmemente com cordas e entrei dentro dele. Deitei-me de bruços, colocando meus pés nas alças e com os braços abertos em cruz, enfiei-os também em diversas correias-presilhas, estando livre os cotovelos e os ombros; minhas mãos seguraram fortes alças para que eu pudesse bater as asas. Antes de prender uma das mãos, soltei as amarras do ornitotteri e com um grande impulso lancei-me do telhado ao vazio. Enquanto caía, debati-me desesperadamente para ganhar altura, agitando com todas as minhas forças as pesadas asas. Não adiantou. Caí como um tijolo dentro do pátio da catedral. Senti uma dor muito forte de ossos sendo quebrados. Antes de perder os sentidos pude ver a face desesperada de Leonardo entre os destroços.

Acordei três dias depois com o corpo enfaixado, um braço e uma perna envolvidos em talas concebidas pelo mestre. Sentado à cabeceira da cama, lá estava ele, enxugando minha testa e beijando meu rosto.

— *La tua ferita va sanare, angelo mio. Ma perchè tanto follia?*

— *Mi dispiace maestro.* Voltei a dormir .

Saul Divino estava ofegante com todo o corpo molhado pelo suor. Godofredo chamou-o de volta . Era a sua última sessão de regressão.

XII

Nao havia mais sessões de regressão para Saul Divino. Godofredo passou a meditar e fazer um balanço dos resultados obtidos. Mais do que os resultados, estava impressionado com os personagens que participaram das outras vidas de Saul.

Da Vinci deu demonstrações de um suspeito carinho por Fabrizio e Dumont declarou-se a Victor. Dois rapazes provavelmente muito atraentes abrigaram o mesmo espírito em épocas diferentes. Esse espírito moleque e encantador deu-lhes uma personalidade alegre e charmosa, de tal forma que sua pobreza e desamparo provocaram o instinto protetor e a paixão de seus patronos. Uma paixão que se escondia sob a máscara de proteção.

De repente, deu-se conta de que ele, Godofredo, poderia ser o terceiro personagem na terceira vida de Saul. Se não era assim, então como explicar que a interrupção dos encontros semanais com seu cliente trazia-lhe um profundo desgosto e ansiedade? Por que não conseguia trabalhar ou atender outros pacientes sem tirar Saul Divino de seu pensamento? O mesmo espírito de Victor e Fabrizio estaria despertando nele, Godofredo, os mesmos instintos que fizeram Leonardo e Dumont se apaixonarem? Para ser honesto consigo, via-se obrigado a reconhecer que, ao longo dos meses, o seu interesse clínico pelos problemas de Saul se transformou num interesse afetivo diferente, sem que antes ele percebesse isso com clareza. Agora estava em pleno conflito. Não era assim que devia se comportar. Ligou então para o seu analista.

Enquanto isso, Saul Divino ouvia todos os dias com redobrado interesse, as fitas gravadas com as vozes de Fabrizio e Victor. As vozes eram diferentes entre si e bem diferentes da voz atual. Porém, os depoimentos dos dois rapazes faziam-no sentir-se realmente como protagonista daquelas vidas. Ambos deixaram nele a certeza de que corresponderam à paixão de seus protetores. Essa inesperada descoberta sobre suas vidas passadas deixava-o atônito. O mais difícil nesta descoberta era expulsar os novos sentimentos que estavam aflorando em seu ou pelo seu espírito. Tentava agora, desesperadamente, sufocar a evidência de que não conseguia afastar Godofredo de seu pensamento. Não podia admitir que em sua terceira vida, ou fosse que número fosse, o seu espírito iria entregar-se novamente a uma paixão anormal como nas vidas passadas.

Após conviver com esse tormento por várias semanas, Saul resolveu enfrentar Godofredo pela última vez.

Da franca conversa entre Godofredo e Saul Divino resultou que ambos deixaram de resistir aos latentes instintos e assumiram seu amor. Voaram juntos para Milão e de lá para Paris, onde residem há vários anos. Nunca mais se teve notícia deles.

O achamento do monte Paschual

peça em um ato

DRAMATIS PERSONAE

Pedr'Alvarez Cabral	Comandante militar da frota
Capitão Pero Escolar	Comandante técnico da frota
Pero Vaz Caminha	Escrivão
Luis Camoens	Poeta
Vergilio Da Rosa	Surugião
Frei Henrique Coimbra	Chefe dos frades
Primeiro marinheiro	
Segundo marinheiro	
Imediato	

Época: Século XVI

O achamento do monte Paschual

Cena I

Personagens:

Pedr'Alvarez Cabral
Pero Vaz de Caminha
Pero Escolar
Luis

Lisboa. Fevereiro de 1500. Uma das salas de despachos do castelo de D.Manoel I. Sentado, no meio da mesa, o Comandante Pedr'Alvarez Cabral. Numa extremidade o escrivão Pero Vaz de Caminha tomava notas; na outra, em pé,o capitão Pero Escolar , comandante técnico da frota.

Cabral
Tivemos um dia cansativo com tantas entrevistas. Estamos a um mês da viagem e parece-me que temos toda a tripulação necessária, pois não, senhor escrivão?

Pero Vaz
Acho que sim, meu comandante.

Cabral
E as naus, senhor Pero Escolar?

Pero Escolar
Quase todas prontas, senhor; nossa primeira divisão com onze navios está pronta e os dous navios da segunda divisão estão sendo aprontados.

Cabral
Senhor Pero Vaz, lede novamente a tripulação da nau capitânia.

Pero Vaz
Além de vossa guarda pessoal, temos 80 marinheiros, 70 soldados, sete ajudantes, oito frades chefiados pelo senhor frei Henrique e oito intérpretes. Ao todo 190 pessoas.

Cabral
Crede que falte alguém mais?

Pero Escolar
Precisamos de um sururgião, excelência.

Cabral
Algum candidato ou nome que sugeris?

Pero Escolar
Tenho notícia de um mui treinado sururgião, que serviu com Vasco da Gama.

Cabral
Como se chama o homem?

Pero Escolar
Vergilio Da Rosa. Quereis entrevistá-lo, senhor?

Cabral
Não, contratai-o vós mesmo. Podemos então encerrar esta reunião.

Pero Escolar
Senhor comandante, está aí fora, há um longo tempo, um jovem fidalgo que insiste em falar com vossa excelência e disse também que daqui não sairá sem o fazer.

Cabral
Quem é e o que quer este pertinace homem?

Pero Escolar
Seu nome é Luis e sei que diz ter um grande motivo para querer viajar convosco.

Cabral
Bem, vejamos, pois. Fazei-o entrar.
Pero Escolar abre a porta e chama o jovem Luis. Este entra em passos rápidos e faz uma reverência diante de Cabral, com trejeitos efeminados, pergaminho enrolado sob o braço.

Luis
Senhor Dom Pedr'Alvarez, deixai-me ir convosco.

Cabral
(desdenhoso) E que qualidades tendes para tal pretensão? Lavar o chão do convés?

Luis
Senhor comandante, posso assegurar-vos que tereis um marujo que cantará em belos versos vossas aventuras e descobertas.

Cabral
E de que me serve um poeta na tempestade ou no perigo desconhecido?

Luis
Para cantar vossas bravuras, pois.

Cabral
Sois divertido, mas não preciso de um bufão. E o que mais tendes a oferecer? Como é a força de vosso braço?

Luis
(atrevido) O suficiente para vos carregar. Porém, senhor, tenho um segredo para vos oferecer que até mesmo el Rei não pode dar e com o qual todo comandante sonha.

Cabral
Dizei mo, então.

Luis
(segredante) Senhor Comandante, posso ofececer o mapa que vos levará às Índias, sem perigo de que vos percais entre tormentas e vagueis sem rumo.

Cabral
Estais a ofender nossa competência naútica. Onde conseguistes tal mapa? De quem o roubastes? Como tendes certeza de que o mapa é verdadeiro? Quem sois vós?

Luis
Pela nossa fé cristã, juro que não pretendi fazer-vos nenhuma ofensa. Chamo-me Luis. O mapa foi-me dado por um navegante a quem salvei a vida e cujo nome jurei não revelar. Mas dou-vos como garantia o poder de arrancar-me um dos olhos se por minha culpa errardes o caminho.

Cabral
Olhos tendes dous. Por que não m'ofereceis aquilo que só tendes um?

Luis
(malicioso) Com todo prazer... mas não meu coração, porque morto de nada vos serviria eu.

Cabral
Respondestes bem. Aceito vossa garantia e prometo arrancar-vos um dos olhos se preciso for. Deixai-me ver tal mapa, pois.

Luis
Primeiro quero de vossa graça a promessa de me aceitares em vossa nau.

Cabral
Aprendei, ó atrevido desconhecido, que ao vosso Grão comandante não se impõem condições... mas mesmo assim, tende-na.

Luis
(*Desenrola o pergaminho.*) Aqui está, ó senhor comandante, o caminho que procurais.

Cabral
Não percebo.

Luis
Aqui, senhor, estão as armas e os barões assinalados, em vermelho.

Cabral
Mas, pelos céus. Estes são mares nunca de antes navegados. Teremos de ir além da Taprobana?

Luis
Só se vossa excelência quiser partir da ocidental praia lusitana.

Cabral
Pois bem, confesso que é um engenhoso caminho; vou pensar a respeito. Estais aceito nesta nau. Mas, dizei-me, por que quereis fazer esta viagem?

Luis
Porque preciso dela para escrever minha grande obra.

Cabral
Bem, não é fácil escrever com o baloiço do mar, mas isso é problema vosso. Senhor Pero Vaz, caminhai.

Pero Vaz
Caminha, senhor.

Cabral
Ponde o nome deste audace poeta na nossa lista de tripulantes.

Pero Escolar
(apreensivo) Senhor, com vosso perdão, não seria melhor que eu visse este mapa e pudesse oferecer-vos minha humilde opinião?

Cabral
Por enquanto basta minha decisão, senhor Pedro Escolar. Mais tarde discutiremos. Senhor Pero Vaz, per favor, fazei o que eu disse. *(Dá as costas a Pero Vaz e conversa baixinho com Pero Escolar)*

Pero Vaz
Pois sim, meu senhor. *(indiferente)* Seu nome, per favor, meu senhor?

Luis
Luis, senhor, que tem a honra de repartir convosco o mesmo nome.

Pero Vaz
Mas não me chamo Luis.

Luis
Mas tendes Vaz por apelido.

Pero Vaz
Então, sois Luis Vaz. E mais nomes possuis?

Luis
Camoens.

Pero Vaz
Senhor Luis Vaz Camoens. Ouvi que sois poeta. Como pretendeis servir a el Rei e ao nosso Grão Comandante, posso saber?

Luis
Isso já respondi ao vosso Grão Comandante.

Pero Vaz
Posso também eu saber ou fazeis disso um segredo?

Luis
Não, meu senhor. *(teatral)* Cantando espalharei por toda parte, se a tanto me ajudar o engenho e a arte, as obras valerosas e as memórias gloriosas.

Pero Vaz
Ai, Jesu. Senhor Comandante, estamos a carregar um jovem femenil?

Cabral
(Interrompe sua conversa baixinha com Pero Escolar.) Senhor Pero Vaz, fazei deste poeta vosso auxiliar de escrivinhação.

Pero Vaz
Sim, senhor. Eu não devia ter vindo..

Cena II

Personagens:

Pedr'Alvarez Cabral
Da Rosa

Alto mar. Vinte dias de viagem. Há tres dias o comandante não sai de sua cama. O médico é chamado à sua presença, na cabine. Ficam a sós.

Cabral
Senhor surugião Da Rosa, chegou o momento de mostrardes que valeis o vosso soldo.

Da Rosa
Em que posso servir-vos, meu comandante?

Cabral
(súplice) Há cinco dias estou vomitando minhas tripas e meu estamago está do avesso. Mais um dia assim e estarei morto.

Da Rosa
(cínico) Apenas estais mui cansado, senhor, mas com a força que tendes, em pouco tempo estareis fora desta cama.

Cabral
Não estou cansado, senhor Da Rosa. Não procurai em mim doença alguma que não seja a estranheza ao mar.*(vômitos)*

Da Rosa
Senhor, não devo acreditar que o comandante de uma frota tão poderosa quanto esta seja um estranho ao mar. Por certo não quereis me dizer o que vos aflige.

Cabral
Ah, meu amigo. Vós sois o confessor de minha doença, e nesta condição exijo de vós o silêncio e o segredo do que vais ouvir. Jurai por Jesu.

Da Rosa
Juro, senhor.

Cabral
Pois sabei que eu jamais fui um homem do mar. Eu detesto o mar. Eu era o feliz marido de D. Isabel de Castro, neta de D. Fernando e de D. Henrique de Castela, e vivia tranqüilo em meu castelo em Belmonte, sem jamais haver navegado.

Da Rosa
Meu Deus! E como vos tornastes comandante?

Cabral
D. Manoel nomeou-me neste 15 de fevereiro.(*vômitos)* Eu era um dos nobres mais próximos de ele e em quem ele mais confiava. Para esta missão, a fidelidade a el Rei é a garantia de que a coroa não será traída ou enganada com os achamentos e negócios que acontecerem. (*vômitos)* A el Rei nada se pode recusar, e aqui estou. Ai de mim, pois. Assim, senhor Da Rosa, se quereis sobreviver, fazei viver vosso comandante. O que trouxestes que pode curar-me deste mareado malino?

Da Rosa
Senhor, trouxe comigo as melhores poções e a mais rara teriaga que se produz em nossas terras, porém não sois vós apenas que sofreis. A maioria dos homens de este navio jamais navegou, ouvi dizer, e estão a morrer de vômitos.

Cabral
E não podeis salvar a todos nós?

Da Rosa
Não com minha poção. É preciso, senhor, que se aquiete o mar.

Cabral
Sou apenas o comandante e não o Senhor Jesu.

Da Rosa
Certo, senhor, mas podeis ser um cristão esperto.

Cabral
Mas o que estais a dizer, ó homem?

Da Rosa
Por que não seguis o roteiro que o senhor Camoens vos deu?

Cabral
Como sabeis disso?

Da Rosa
Segredos são para serem contados, excelência.

Cabral
E os pescoços, cortados. Poeta indiscreto. Mas o que tem o mapa do senhor Camoens com meu estamago?

Da Rosa
Senhor, se quereis a todos salvar e a vós, principalmente, viajai rumo ao oeste...

Cabral
Estais maluco?

Da Rosa
...por um dia inteiro. É isto ou a morte.

Cabral
Sois um médico ou um bruxo? Que conluio tendes com o poeta?

Da Rosa
Senhor, todos estaremos a salvo. Trar-vos-ei um cálice de teriaga para terdes tempo de meditar.(*Reverência. Sai.*)

Cabral
(*Sozinho, segurando um vaso para vomitar.*) Mas que comandante sou eu que usa os conselhos de um bruxo sururgião e um poeta, para achar o rumo do destino? Porém, mais vale um pequeno desvio de rota do que esta doença cruel que me faz eliminar o meu fígado, o estamago e todos os meus líquidos e sangue. Que seja então. (*vômitos*)

Cena III

Personagens:

Pero Escolar
Cabral

Diálogo no tombadilho.

Pero Escolar
Senhor comandante, com vossa clemência, estou a me perguntar se fiz bem em obedecer-vos sem oferecer nenhuma resistência. Estou mui apreensivo com a rota do mapa do senhor Camoens e que vós me obrigastes a seguir. Se tivéssemos seguido o mapa do senhor Vasco da Gama, teríamos evitado esta zona sem ventos.

Cabral
E estaríamos todos mortos de mareo, porém estamos todos salvos, pois não? Aquietamos o mar.

Pero Escolar

Senhor, não percebeis que estamos há dez dias numa perigosa zona de calmaria, e que não podemos adivinhar quando virão os ventos que daqui irão nos tirar?

Cabral
Ficaremos o tempo suficiente para nos livrarmos do mareo malino e recuperarmos nosso equilíbrio.

Pero Escolar

Mas, senhor, nós marinheiros não vivemos sem o mareo; é o chão que nos desequilibra. Não é assim que sentis?

Cabral
É verdade, é verdade, senhor capitão. Mas fiquei compadecido de nossos homens. E quando quereis partir?

Pero Escolar
Ó Jesu, quem pode saber? Aqui chegamos, neste purgatório, no dia 30 de março e até hoje não conseguimos desenvolver mais que 1 nó por hora. A tripulação começa a ficar entediada..

Cabral
E daí?

Pero Escolar
Daí que inventam pecaminosos jogos de cartas e lêem pecaminosos livros de cavalaria, como bem observou frei Henrique.

Cabral
E o que fazer?

Pero Escolar
Os frades estão fazendo sermoens duas vezes por dia, nas matinas e na vésperas.

Cabral
Não percebestes. Refiro-me ao que fazer para sairmos daqui, senhor capitão.

Pero Escolar
Orar ou fazer oferendas ao deus Eolo, para que nos mande bons e fortes ventos.

Cabral
Alguma cousa mais prática capitão?

Pero Escolar
Economizar água, vinho, vinagre, biscoitos e tudo o mais que se come ou se bebe. Em quinze dias estaremos sem água e isto pode ser o começo do fim, se continuarmos aqui.

Cabral
Tendes pouca fé.
(*Descem ambos do tombadilho. Ao fundo, voz do contra-mestre:Ventos, ventos, os ventos chegaram, preparar velas.*)

Cena IV

Personagens:

Pedr'Alvarez Cabral
Pero Escolar
Marinheiro
Imediato
Segundo marinheiro
Pero Vaz
Luis Camoens
Frei Henrique

Convés, ao entardecer.

Cabral
Capitão, como estamos de água para beber?

Pero Escolar
Temos tonéis para mais uma semana, senhor. Que Deus nos proteja!

Voz distante. Marinheiro no alto do mastro

Marinheiro
Terra à vista! Vejo um monte! Terra à vista!

Cabral
Senhor imediato, como se chama este marinheiro que está a gritar?

Imediato
Paschual, senhor meu Comandante. Manuel Paschual.

Cabral
Não foi este homem que por duas vezes deu falsos alarmes, tendo visões de terra no horizonte?

Imediato
Foi ele, meu senhor. Estava atacado de febre e sangramento.

Cabral
Mandai então outro marinheiro ao alto de mastro para que confirme o que está a gritar o marujo Paschual. Se for mais uma de suas visões, jogai-o ao mar.

Imediato
Assim farei, meu senhor. (*Dirige-se aos marujos reunidos. Ordena que um deles suba ao mastro e confirme o achamento de Paschual.*)

Segundo marinheiro
Terra à vista! Terra à vista!

Cabral
Bendito seja este dia vinte e dois de abril. Senhor capitão, que seja o marujo Paschual recompensado pelo vibrante grito e abençoado achamento. Senhor Escrivão Pero Vaz, caminhai!

Pero Vaz
Caminha, senhor.

Cabral
Fazei o registro do achamento de este monte, o qual fica bautizado de Monte Paschual, em nome del Rei, pois.

Gritos. Vivas. Aplausos dos marujos. Serpenteando entre os excitados marinheiros, Luis Camoens compunha versos para comemorar a descoberta, e fazia com que gritassem e dançassem:

Viva o monte.
Viva o Paschual,
Viva o Monte Paschual
E também o senhor Cabral!

Pero Vaz
Ai *Jesu.* Mil vezes as calmarias. Comandante, permiti que joguemos ao mar este femenil poeta, que à terra rápido irá chegar, pois faltam apenas cem milhas. Deixemos que seja ele o primeiro a pisar esta terra da Índia.

Frei Henrique
Senhor meu comandante, com todo meu respeito, se à Índia chegamos, por certo este monte já tem um nome e é pertencente a outro reino. Melhor não seria esperar o desembarque?

Cabral
Meu piadoso frei, esquecestes porventura a vossa missão de bautizar os povos? Comecemos pois dando um nome cristão ao monte e, mais tarde, ao reino que iremos conquistar.

Frei Henrique
Mas que grande filho da... Igreja, sois vós, meu comandante.

Cabral
Capitão, vai escurecer em algumas horas; lançai âncoras,pois. Ao amanhecer ireis num escaler com soldados e tradutores até a terra.

Pero Vaz
Não convém que o poeta os acompanhe, meu senhor?

Cabral
Que seja, que seja, senhor Pero Vaz. Capitão, cuide de que o poeta por lá fique...até nosso regresso a Portugal.

Seis horas. Amanhecer brilhante do dia 23 de abril. Escaler na água. Dentro dele estão: Pero Escolar, o astrônomo Mestre João, quatro intérpretes, soldados e, por último, Luis Camoens. Partem para o primeiro contato com esta região desconhecida da Índia, não descrita por Vasco da Gama.

Cena V

Os batedores retornam às seis horas da tarde. Trazem consigo estranhos objetos de penas coloridas, arcos e flechas. Um índio.

Personagens:

Pero Escolar
Cabral
Da Rosa
FreiHenrique

Cabral
Sejam bem-vindos meus homens. Prontos estamos para a conquista da Índia?

Pero Escolar
Meu Comandante, estou pesairoso em não vos dar boas novas.

Cabral
Nada vai abater nossa alegria, capitão. Um dia lindo, atingimos a Índia por um caminho mais rápido, temos todos nossos homens da volta. O que então vos entristece?

Pero Escolar
De tudo que dissestes, senhor, restaram apenas o dia lindo e os nossos homens de volta.

Cabral
Mas que desgraça aconteceu que ainda eu não saiba, senhor capitão?

Pero Escolar
Primeiro devo dizer-vos, senhor, que nem todos os homens voltaram inteiros.

Cabral
O que quereis dizer? Quem se machucou?

Pero Escolar
Não se trata bem de um dos nosso homens, mas do senhor poeta Camoens.

Cabral
E o que houve com o cantador de aventuras?

Pero Escolar
Não sei como dizer, senhor. Mas, quando chegamos à praia, uns dez gentios já nos esperavam. Pareciam assustados porém não feroces. Estavam todos nus, homens e mulheres. Não eram negros nem brancos. O senhor Camoens os achou os mais lindos seres da espécie humana. E foi sozinho à praia, nadando algumas dezenas de metros, sem esperar o desembarque. O senhor Camoens quis ver de perto as vergonhas dos gentios...dirigiu-se a um deles, que estava com penas na cabeça. Mas parece que não queria só ver as vergonhas, porque..bem, aconteceu que o bárbaro se ofendeu, percebeis? Houve então uma luta entre tres dos gentios com o senhor Camoens. Tudo mui rápido. O que vimos foi uma frexa certeira arrancar o olho esquerdo do senhor poeta.

Pero Vaz
Ao merecedor o merecido.

Cabral
É lamentável mas não chega ser uma desgraça. E que outra desgraça maior pode ter acontecido?

Pero Escolar
Ai, Jesu. Comandante Cabral, devo vos dizer que não estamos nas Índias.

Cabral
O quê? Por Nossa Senhora da Boa 'Sprança, o que estais a me dizer, ó homem?
Estou a ouvir bem que isto aqui não é a Índia ? Quereis ser dependurado pelo pescoço? Por que tendes a boca cheia de mentiras? Vamos, contai tudo e rápido.

Pero Escolar
Ó meu senhor, cometemos um terrível engano de rota. Não sei como explicar, pois seguimos as instruções que vossa mercê tão inteligentemente nos instruiu. Obedecemos às direções do vosso mapa..

Cabral
Ó Jesu. O mapa. Acho que estou a perceber. O mapa que aquele infido e filho de um sarraceno condenado deu-me como o mais seguro caminho para as Índias.

Pero Escolar
Perdão, meu senhor, a quem estais a vos referir?

Cabral
Quem mais poderia ser? O poeta, o senhor Vaz Camoens. Mas primeiro dizei-me, como podeis estar certo de que este tão belo lugar não é um porto desconhecido das Índias?

Pero Escolar
Meu senhor, conforme vossas instruções, fizemos o nosso primeiro contato em terra, com os gentios e bárbaros, através de nossos quatro intérpretes, que eram oito, porém quis o destino que morressem três de mareado e diarréia e o outro que lançou-se ao mar atrás de uma mui fermosa sereia. Felizmente o nosso

especialista em Índia, o senhor Gaspar da Gama, a quem chamamos de o judeu da Índia, e que serviu ao comandante Vasco da Gama, jurou pela Santa Cruz que esta terra, este povo rude e esta língua desconhecida não pertencem à Índia. Os outros intérpretes não souberam reconhecer esta língua. Também mestre João confirmou que esta não é a latitude das Índias. Assim, meu comandante, percebo que não sabemos onde estamos, pois.

Cabral
Ó céus, ó maldição. Fomos traídos, mas o Senhor Jesu fez com que o poeta cumprisse a sua promessa do arrancamento de um olho. Já está castigado, pois. Gostaria eu próprio de tê-lo feito. Onde está ele?

Pero Escolar
Mandei que o levassem ao sururgião, senhor.

Cabral
E quanto a este nativo? Quem é esse povo?

Frei Henrique
Senhor comandante, homens cristãos, ouvi. Quis o Senhor Deus que aqui aportássemos para nos mostrar quão felizes somos nós. Vêde este povo a quem Deus negou-lhes alma e espírito, pois não falam línguas e não têm inteligência; não são capazes de produzir tecidos que tampem suas vergonhas e não têm habilidades para construir casas. Aqui estão purgando seus pecados, pois jamais podem sair desta ilha. Aqui, senhor Cabral, devem permanecer os degredados, os infiéis e os ateus, para que paguem suas dívidas para com o Criador, procriando com este povo, para que nasçam seres com alma e inteligência, e ensinando-os a derribar estas matas para nascer uma civilização. Não houve erro de rota, senhor, mas sim a mão de Deus que nos mostrou onde é o purgatório, e que assim será para todo o sempre.

Cena VI

No aposento do sururgião. Da Rosa está deitado; o quarto na penumbra. Batidas na porta.

Personagens

Da Rosa
Luis Camoens

Da Rosa
Quem está lá? Entrai (*a porta se abre).*

Luis
Sou eu, Luis Camoens.

Da Rosa
Ah, o infeliz poeta. Que quereis de mim?

Luis
Perdi o olho esquerdo, senhor.

Da Rosa
E o que vos leva a pensar que vais encontrá-lo aqui ou que eu sei onde o perdestes?

Luis
Aumentais o meu sofrer com esta malecencia.

Da Rosa
Perdoai-me, tendes razão. É que já estou cansado de tudo isso e viajar não suporto mais, e aqui, no meu catre, estava nisto a pensar, quando me interrompestes.

Luis
Mui perdão vos peço. Mas vós talvez sejais a única pessoa a poder me ajudar.

Da Rosa

E o que quereis que vos faça?

Luis
Que eu veja, senhor.

Da Rosa
O quê?

Luis
Desculpai o chiste, mas apenas repeti o sermão de frei Henrique. Como vós.

Da Rosa
(*sorrindo*) Vinde, sentai comigo. Percebo que temos um humor semelhante, e ambos não nos adaptamos à viagem.

Luis
É verdade, por certo, o que dizeis. Sou um desinfeliz para quem tudo tem estado a dar errado, pois.

Da Rosa
Estais a vos referir ao olho?

Luis
Não só ao olho, que foi o pior, mas à viagem, meu poema, este lugar...

Da Rosa
Vamos por partes. Acho que poderei ajudar-vos com relação ao olho. Sei como fazer um tapa-olho e quando chegarmos em Lisboa vou recomendar-vos a um artesão em Alfama. Posso também tirar a vossa dor do olho, mas não a d'alma. Agora dizei-me, qual é a vossa culpa para que o senhor Cabral queira ver-vos, não só sem um olho, mas de preferência esquartejado?

Luis
Contar-vos-ei minha breve e inocente história. Acreditai ou não, senhor surgião, essas minhas desventuras parecem-me irreais, pois sinto que estou no tempo errado, no lugar errado e em vão pretendo acordar.

Da Rosa
Não é apenas vós que vos sentis no lugar errado e no tempo errado. Todos nós estamos no lugar errado e, dizem, por vossa culpa.

Luis
Fui inspirado no meu juízo a cantar em versos as bravuras e conquistas de nossa gente em terras d'além mar, infidas e nunca de antes chegadas. Mas um poeta não tem lugar entre soldados e tripulação. Assim, comprei a um primo beberrolas, um de seus mapas, que ele desenhava em estado de embriaguez. Ele nunca antes viajou, mas ouvia nas tavernas as histórias de navegações. Foi assim que cheguei ao senhor Cabral. Mas não achava que ele usasse tal mapa.

Da Rosa
Vós sois um maluco, o comandante, um insensato, e nós, uns pobres coitados. Ao menos fizestes o teu poema?

Luis
Como vos disse há pouco, não sinto que é chegada a hora de este poema se aprontar, que não é este o tempo certo. O poema tenho-o eu em minha memória, mas asseguro-vos, que quando escrevê-lo por inteiro, esta parte da aventura omitirei.

Da Rosa
Femenil, trapaçeiro, mentiroso e, por fim, cego. Como disse frei Henrique, vós devíeis permanecer cá nesta ilha. Junto com os outros, ireis gerar os futuros governantes desta ilha . Dominareis os gentios até que não reste nenhum, pois seres sem alma não servem para nada. Limpareis estas matas e as livrareis de seus bichos feroces. Assim, estareis redimindo vossas culpas e enaltecendo a gente de onde viestes. Eis vossas aventuras, poeta, escrevei.

Luis
Não, amigo, esta ilha é mui pequena para tão grande sorte

Da Rosa
Então, bebamos ao futuro.

Luis
Bebamos, pois.

Juízes finais

Houve um tempo em que não havia juízes em Israel e cada um fazia o que lhe desse na cabeça ou o que julgasse melhor.

Mas depois houve um tempo em que havia juízes. Uma pessoa se tornava juiz por um dos três caminhos: por escolha do povo, por auto-aclamação ou por um desígnio divino.

Naqueles tempos os israelitas tinham muitos juízes e cada região ou tribo tinha o seu.

Juízes para julgar, para liderar, para lutar ou só para ter o título.

O povo os escolhia para resolver uma situação de conflitos internos ou, principalmente, de perigo externo, e, ao assumir o cargo, o juiz já declarava guerra ao inimigo, antes mesmo de terminar a cerimônia de posse. Inimigo era coisa que não faltava ao povo de Israel. E o que seria de Israel sem inimigos? Um povo com uma história bem menos interessante.

Os mais tradicionais e fiéis inimigos dos israelitas eram os filisteus, os cananeus, os sidônios, os heveus, os amonitas, os amalecitas e os amoreus, cujo exercício preferido era dar ao povo de Israel uma surra, tomar seus alimentos, suas terras, seu gado e, se possivel, matar um punhado de gente.

Os juízes ficaram mais famosos pela forma como combateram ou eliminaram os inimigos de Israel, do que por seus julgamentos, decisões ou conselhos. Não só prendiam e arrebentavam, mas também inventaram as maneiras mais sutis e as mais truculentas de matar o inimigo. Matavam até sua própria gente, se isto fosse necessário para conquistar o cargo ou permanecer nele. Nem todo o povo concordava com esse papel guerreiro dos juízes, e havia mesmo uma indignação geral contra tal comportamento.

A fama dos desmandos dos juízes chegou até à fortaleza de Betson, próxima ao rio Jordão, onde habitava um grupo de anciãos liderados pelo Sumo Sacerdote Jabeslão. A cidadela sagrada de Betson consistia de uma torre e um templo e seus poucos habitantes eram considerados como um grupo de santos homens, independentes e com autoridade para criticar, julgar e corrigir os erros de outros sacerdotes, reis ou juízes. Embora não interferissem na vida de qualquer tribo e se mantivessem reclusos, era para eles que uma pessoa ou um povo poderia se dirigir quando se sentia injustiçado ou para dirimir questões. A fortaleza de Betson era como uma Suprema Corte, sem assim se intitular e sem pedir para sê-lo. Os anciãos de Betson eram Anuar, Abner, Airão, Abiron, Anot, Elifas, Ismar e Matusael, liderados por Jabeslão. Quem a eles recorria, havia que estar preparado para a severidade de seus inquéritos, julgamentos e decisões.

Ocasionalmente, quando havia um clamor de grandes proporções em uma tribo, os homens de Betson podiam tomar a iniciativa, convidando as partes interessadas para uma conversa de pé-de-ouvido. O convidado não era obrigado a aceitar o convite, podendo mesmo desconhecê-lo. Só que ninguém fazia isso, pois era uma demonstração de medo ou de culpa e o convocado perdia prestígio diante de seu povo e até do inimigo.

O período aqui relatado foi realmente o mais dramático da história jurídica israelita, tal o poder dos juízes.

Construíam fortalezas de alto custo e questionável utilidade, nomeavam juízes os seus próprios filhos, declaravam guerras para obter vantagens políticas e riquezas, decidiam o destino de seu povo sem ouvi-lo e pronunciavam sentenças duvidosas. Não havia, porém, quem os julgasse; de vez em quando Javé o fazia, com o seu natural rigor e justiça, mas naqueles dias, com a impunidade à solta, o povo não tinha a quem recorrer.

Foi assim que o clamor popular chegou até Betson.

Discutidos os fatos da maneira mais neutra possível, o grupo de anciãos decidiu que a coisa era realmente grave e que a magistratura estava em crise, porém nenhuma ação seria justificada sem um conhecimento pormenorizado dos fatos. O Sumo Sacerdote Jabeslão, com sua cautelosa sabedoria, propôs ao grupo enviar alguns de seus homens de confiança, para, da forma mais sigilosa possível, investigar e colher provas. Nada de precipitações.

E assim, algum tempo depois, saíram dez observadores secretos dos anciãos, criteriosamente selecionados, que se dividiram em cinco grupos de dois, para visitar todas as tribos, o povo de Israel, as terras de Moab, Manassés e Mesopotâmia, o reino de Canaã, as montanhas de Efraim, as cidades de Siquém, Galaad, Socot, Samir e muitas outras.

A Palavra de Zaqueu

Os homens de Betson voltaram meses depois de longas e cansativas viagens, trazendo consigo um enorme acervo de depoimentos e observações. Apresentaram-se ao Sumo Sacerdote, que após ouví-los, ordenou que lhes fossem dados os melhores aposentos, com farta alimentação, e que fizessem então o relatório definitivo, organizando uma lista das pessoas que deveriam ser consideradas para o chamamento à Suprema Corte.

Um mês se passou para que os investigadores fizessem uma lista de consenso. Finalmente, Zaqueu, o Relator, entregou a lista ao Sumo Sacerdote Jabeslão, durante uma solenidade para esse fim, numa sala secreta da Torre de Betson. No altar, um bode expiatório foi queimado em holocausto.

E assim falou Zaqueu:

— Santos homens. Procuramos cumprir com a maior diligência possível a santa tarefa para nós escolhida. Visitamos todos os povos de Israel que possuem um juiz. Adotamos os mesmos critérios para cada investigação, que são os que relatamos a seguir. Para facilitar nossa tarefa, dividimos os israelitas por regiões e separamo-nos, dois a dois, para as visitas. O primeiro período foi de observação silenciosa, entre o povo, para ficarmos convencidos das procedências dos rumores. Não nos ocupamos dos reis pois eles são de Javé. Depois dos comentários espontâneos do povo, passamos a fazer perguntas apropriadas, vendo quando necessário ou possível, e ouvindo e anotando tudo com o maior cuidado. Quando as queixas proviam dos povos vencidos, também fomos até eles para observar como tinha sido feita a justiça. Os números de vítimas ou vencedores deviam ser confirmados por diversas pessoas. A lista que apresentamos aos senhores consta de nomes, sua identificação e um breve relato dos fatos por nós sabidos e observados, cabendo-lhes julgar quem deve ou não ser convocado a este santo conselho.

A Lista de Zaqueu

– Queremos que entendam, disse Zaqueu, que nós não conversamos nem interrogamos nenhum dos juízes, deixando esta tarefa para este santo conselho. E assim, foram os seguintes os juízes observados e anotados:

Otoniel - Filho de Cenez, irmão de Caleb. Venceu em guerra limpa a Cusã-Rasataim, rei da Mesopotâmia. Não ouvimos queixas contra seu juizado.

Aod - Também conhecido como o Canhoto,benjamita, filho de Gera. Tornou-se juiz no reinado de Eglon, o Gordo, rei de Moab, o qual apoderou-se da Cidade das Palmeiras. Os moabitas queixam-se de que o juiz Aod matou covardemente o seu rei, durante uma visita; Eglon era muito gordo e não pôde locomover-se ou defender-se com agilidade. Depois que matou Eglon , Aod voltou com seu exército e matou todos os homens do rei, que eram cerca de dez mil.

Samgar - Este juiz tem origem hetéia e seu pai, Anat, tem nome cananeu; porisso há rumores de que ele é um opressor estrangeiro, disfarçado de israelita. Ouvimos também dizer que Samgar nasceu de pai e mãe israelitas. Se isto for verdade, talvez possa justificar a sua competência para matar recentemente seiscentos filisteus, à semelhança de um outro juiz chamado Sansão, de quem nos reportaremos mais tarde.

Barac - É filho de Abinoém, de Cedes, e reside em Neftali. Alcançou o juizado por influência de uma outra juíza chamada Débora. O juiz Barac, junto com seus amigos Abulon e Neftali, organizaram um exército de dez mil homens para combater o rei Sísera. Mas estamos convencidos de que este juiz é apenas um testa de ferro da senhora Débora, que na realidade parece ser quem manda naquela região.

Débora - É a juíza, mulher de Lapidot, que despacha sob uma palmeira, conhecida na região como a Palmeira de Débora; o local fica entre Ramá e Betel, na montanha de Efraim. De lá ela parece controlar todo o povo da região, seja com suas profecias e conselhos, seja com planos e estratégias para enfrentar o inimigo. O crime contra o rei Sísera, cometido por uma mulher de nome Jael, parece ter a sua marca, como provável mandante. A juíza fez um cântico cuja letra fala sobre a aventura de Jael e que está fazendo um enorme sucesso.

Gedeão - É um juiz do clã Abiezer, em Manassés, filho de Joás. Não sabemos com que intenções esse juiz usa mais duas identidades, uma como Jerobaal e uma terceira como Jeruboset. Além disso, ouvimos de fontes próximas a ele, que parece não depositar total confiança em Javé, pois em duas ocasiões duvidou da ajuda divina de maneira acintosa. Também alguns homens que tentaram serví-lo no exército e que foram excluídos, contam que só foram aceitos os que se comportaram como cães. Este fatos só podem ser esclarecidos pelo juiz. Ainda pesa contra ele a matança de setenta anciãos e seqüestro.

Abimelec - É filho do juiz Gedeão e nasceu em Siquém. Parece ser pior que o pai. Contra ele apuramos graves denúncias, como o assassinato de seus sessenta e nove irmãos, para tomar tomar o poder e o juizado de Siquém. Além disso, temos provas de um genocídio, no qual mais de mil pessoas, entre mulheres e crianças, foram mortas. Não sabemos se pai e filho chegaram a formar uma quadrilha.

Tola - É filho de Fua e juiz em Samir. Não registramos queixas contra ele.

Jair - É juiz nos arredores de Galaad e também não escutamos nenhuma queixa contra sua pessoa.

Jefté - É um homem que todos dizem ser violento e parece carregar um grande sentimento de inferioridade quanto a sua origem. Nasceu numa região de Galaad e é filho de um soldado com uma meretriz. Seus irmãos, filhos do mesmo pai, o consideraram bastardo e o expulsaram de casa. Quando foi eleito juiz declarou guerra aos amonitas. Mandou degolar toda gente de Efraim que não soubesse pronunciar a palavra chibólet. Dizem que duas mil pessoas foram mortas. Manda prender e cortar o polegar de todos que o chamam de filho da puta.

Sansão - É um juiz da tribo de Dan, filho de Manué. Tivemos muito trabalho em esclarecer certos fatos de seu mandato. Parece ser um homem com alguma perturbação no espírito e tem cometido atos realmente intrigantes ou, no mínimo, tem um comportamento estranho. É uma pessoa muito forte, com um físico muito bem moldado. Soubemos que faz exercícios diários e tem uma alimentação especial. Dizem alguns que ele mata leões e come seus testículos, para ganhar força e virilidade, e o fígado para ter coragem. Apuramos alguns atos insanos, como a morte de trinta pessoas para tomar-lhes as túnicas e presentear os convidados do seu casamento, assim como a captura de trezentas raposas, as quais foram amarradas pelos rabos, duas a duas, e entre elas colocou uma tocha e as soltou no trigal dos filisteus. Queimou todos os animais, o trigal, o vinhedo e os olivais. Ainda registramos a morte de mil filisteus com uma queixada de jumento, e uma verdadeira falta de decoro na zona de meretrício da cidade de Gaza, onde se desentendeu com uma mulher e arrancou os portais e batentes da casa. Atualmente está noivo de uma jovem de Sorec, chamada Dalila. Soubemos que ela é amiga dos filisteus.

— Este é o nosso relatório, senhores de Betson, salvo melhor juiz, digo, juízo.

A Convocação

Jabeslão e os demais anciãos a tudo ouviram em silêncio. O relatório de Zaqueu repousou sobre o altar e lá ficou até que ele se retirasse. Estando sozinhos, Jabeslão pediu que a cada dia um dos anciãos lesse e meditasse sobre aqueles nomes; cada um devia voltar sozinho na sala da torre e lá permanecer durante todo o dia. Quando todos tivessem feito isto, seria então elaborada a lista daqueles que deveriam ser chamados a Betson. Jabeslão escreveria a convocação.

Duas mudanças de luas se passaram até que todos tivessem lido, meditado e discutido.

Ao fim deste tempo, Jabeslão reuniu todos os anciãos na sala da torre, para que cada um pronunciasse os nomes dos juízes.

Sentado em sua cadeira de pedra coberta por couro de novilho, Jabeslão ouviu os nomes que cada um dos anciãos pronunciava diante dele.

Estes foram os juízes apontados para a convocação até Betson: Aod, Samgar, Barac, Débora, Gedeão, Abimelec, Jefté e Sansão, cujos nomes iriam para uma segunda discussão, pois deveria haver consenso sobre o nome convocado para, finalmente, Jabeslão dar o seu referendum .

A nova reunião foi realizada logo a seguir. Jabeslão fez notar que aquela era a última oportunidade para manter ou retirar nomes. Alguém queria se pronunciar?

O ancião Abiron pediu a palavra para fazer notar que, independentemente do fato de Barac ser primo de Jabeslão, achava que o juiz não cometeu nenhum ato injusto ou criminoso, sendo possivelmente uma vítima das circunstâncias planejadas por Débora. Assim, propunha sua desqualificação. Com anuência de todos, Barac saiu da lista. Abiron pagou assim uma dívida com Jabeslão.

O segundo a falar foi Anot, ponderando que Jefté, apesar da sua humilde origem, era muito cuidadoso com a proteção de seu idioma, como no caso da palavra chibólet, e que não via nenhuma necessidade de trazê-lo a um interrogatório por causa deste incidente. Na verdade, todos ali sabiam que Jefté era filho de um soldado apaixonado por uma meretriz chamada Oola, a qual durante muito tempo consolou a solidão do ancião Anot. Jefté também saiu da lista.

O terceiro e último a se pronunciar foi Elifas, pedindo a exclusão do nome da juíza Débora. Aliás, ponderou ele, aquela mulher era mais conselheira do que juíza, pois tal posição não era uma investidura para mulheres, e que suas profecias não passavam de conversas de dona-de-casa. Ismar comentou baixinho com Matusael que, na realidade, Elifas pretendia proteger o segredo do envolvimento amoroso entre o juiz Barac, seu amigo, e Débora. Ninguém quis contrariar o ancião, e assim, prevaleceu muito mais o seu apelo para a exclusão da juíza do que os argumentos contra ela.

Decidida a lista de nomes, Jabeslão retirou-se para redigir a carta que seria entregue aos juízes Aod, Samgar, Gedeão, Abimelec e Sansão.

E esta foi a mensagem de Jabeslão:

— Meu filho, venhas tu do braço de Rubem, ou de Judá, ou de Levi, ou de Benjamin, ou de José, ou de Zabulon, ou de Issacar, ou de Gad, ou de Dan, ou de Neftali, ou de Aser ou de Simeão, dê glória e homenagem ao Senhor. Meu coração está cheio de angústia pois sei que teu povo tem medo de ti e teus inimigos acusam-te de não praticares a justiça. Assim conclamo-te para que venhas a Betson na próxima lua nova do mês de etanim, e confessa-me pois o que realmente fizeste, sem nada ocultar, e o Senhor te será benigno e protegerá teus ossos e os que clamam contra ti, sendo eles injustos e mentirosos, serão amaldiçoados.

Tendo copiado esta mensagem, partiram de novo os fiéis homens de Jabeslão a entregá-la a cada um dos destinatários e aguardar deles a decisão de comparecer a Betson.

Um mês depois estavam de volta, comunicando ao Sumo Sacerdote que todos os juízes receberam a mensagem e prometeram lá estar no dia marcado.

Outro bode foi sacrificado como regozijo pelo sucesso da missão.

Iniciaram-se então os preparativos para receber os magistrados. Vários mordomos foram contratados para os juízes, providência que viria a se tornar uma tradição pelos séculos adiante, e compraram mais bodes para serem expiatórios.

A chegada dos Juízes

Jabeslão escolhera sabiamente a data da reunião. O mês de etanim ou mês dos "riachos sempre correntes" era o período mais ameno e alegre do ano hebreu e a lua nova marcava o início do mês. Esta fase lunar tinha também um significado religioso, pois era a época em que se costumava consultar um homem de Javé, e não se usava luto nem se jejuava. Assim, além de um bom tempo, as libações gastronômicas poderiam ser oferecidas aos juízes sem o constrangimento da Lei.

A ida dos juízes a Betson podia ser considerada como uma prova de profunda reverência e obediência ao convite de Jabeslão, pois todos fariam viagens extenuantes, longas e desconfortáveis, em caravanas a pé ou montados em jumentos. O camelo e o cavalo permaneciam estranhos aos israelitas; o primeiro, por ser considerado um animal impuro, e o segundo, por simbolizar o poder militar estrangeiro.

Gedeão saiu de sua cidade e seguiu para o norte em direção à Samaria, evitando passar por Siquém onde poderia encontrar-se com Abimelec, seu filho. Sua caravana percorreu 22 quilômetros, chegando lá no fim da tarde do terceiro dia. Horas depois, a cidade de Samaria recebia a caravana de Samgar, que também procurava descanso, após ter percorrido 30 quilômetros.

☆ Locais de atuação dos Juízes.

Os dois juízes encontraram-se no meio da noite na casa de um amigo comum, o samaritano Nefetel, onde decidiram unir as caravanas para completar a distância que separava Samaria de Betson. Deveriam fazer o percurso em quatro dias.

Abimelec saiu de Siquem com três criados e dez soldados em direção a Jabes-Galaad, distante 30 quilômetros, onde chegou após um dia inteiro de viagem. Lá passou todo o dia seguinte, reiniciando seu itinerário margeando o rio Jordão até a fortaleza de Betson, 10 quilômetros ao norte.

O percurso maior coube a Aod, que saiu com uma pequena caravana perto de Quir-Moab em direção a Jericó. Sua rota consistiu em atingir o rio Jordão onde seus braços formam o mar Morto, e naquele ponto atravessá-lo em direção a Jericó. Esta distância de 95 quilômetros foi feita em dez dias. Em Jericó, Aod descansou três dias, cuja permanência coincidiu a com a chegada do juiz Sansão, vindo das terras de Dan distantes 60 quilômetros dali. Se comparada com Aod, a caravana de Sansão podia ser considerada como luxuosa e poderosa, tal o número de jumentos, servos e soldados. Foi em Jericó que os dois juízes se conheceram e tornaram-se grandes amigos. Após os três dias de descanso, as duas caravanas seguiram juntas para Betson, a 60 quilômetros dali, cujo percurso foi feito em quatro dias.

E esta foi a ordem de chegada dos juízes à fortaleza de Betson: os primeiros a chegar foram Gedeão e Samgar, o segundo foi Abimelec, e por último chegaram Aod e Sansão.

Cada um foi hospedado em um quarto especialmente preparado e suas caravanas cuidadosamente alojadas. Durante cinco dias descansaram, comeram e beberam conforme os preceitos da boa hospitalidade israelita. Todos os juízes e anciãos se confraternizaram e holocaustos foram oferecidos em agradecimento às pacíficas viagens.

No sexto dia todos, os juízes foram chamados à sala da torre, sendo então informados por Jabeslão que os depoimentos iriam começar no dia seguinte, obedecendo a ordem que lhes coubesse por sorte.

Com a ajuda dos oito anciãos, o Sumo Sacerdote utilizou pequenas flechas para saber da sorte e indicação dos nomes, e algum tempo depois assim falou:

— Meus filhos, quis a sorte que o primeiro a ser ouvido seja o filho Aod, depois o filho Samgar, depois o filho Gedeão, depois o filho Abimelec e por fim, o filho Sansão. Que cada um volte ao seu aposento e medite até chegar a sua hora de nos mostrar o seu coração.

A seguir, um a um, todos se retiraram. Os servos de Jabeslão iniciaram a preparação da sala para as audiências.

O depoimento de Aod

Aod sentou-se com desenvoltura diante dos anciãos, após discreta reverência ao grupo. Trajava uma túnica já usada e ostentava poucas jóias. Alto, esguio, sua pele tornada morena pelo sol fazia ressaltar os grandes olhos azuis. Parecia entediado com tudo aquilo e mostrava-se ansioso para o rápido início do depoimento. Ao seu lado, sobre uma pequena mesa redonda, foram colocados um prato de tâmaras e um jarro com água.

Jabeslão sentado em sua cadeira de pedra, tinha à sua direita e à sua esquerda quatro anciãos sacerdotes. Somente ele tinha o pergaminho contendo o relatório de Zaqueu.

— Filho Aod, iniciou Jabeslão, estamos incomodados por vê-lo acusado pelos moabitas de assassinato. Em verdade, você matou o rei de Moab?

— Sim, meu senhor.

— E por quê você matou o indefeso rei Eglon?

— Inicialmente quero dizer-lhes que sou inocente e que estou sendo injustamente acusado. O rei de Moab havia tomado a nossa Cidade das Palmeiras e o exército não estava pronto para retomá-la. Foi então que meu povo teve a idéia de ganhar sua simpatia enviando-lhe um presente.

— Para que o presente?

— Para agradá-lo e convencê-lo a não matar nossos rebanhos.

— Que presente?

— Um *efod* de ouro, feito com as jóias de nossos sagrados saques.

— E como foi entregue?

— Eu fui o encarregado de levá-lo. O gordo filho da mãe...

— Olha o decoro, filho!

— ...fez pouco caso do presente, e além disso, botou defeitos na estátua. Humilhação maior impossível.

— Concordo, disse um dos anciãos.

— E o que você fez? Perguntou Jabeslão.

— Como eu sou muito calmo e educado, disse que precisava falar-lhe em particular. " Não posso dar-lhe uma audiência privada" disse o gordo; "então eu não falo", respondi. Ele ficou curioso, porém desconfiado, mas mesmo assim mandou que seus soldados e as demais pessoas se retirassem da sala. Aí, eu não sei se Javé me guiou na valentia ou se retirou o meu juízo, mas quando percebi, já tinha enterrado a minha espada naquele monte de banha até ao cabo, e lá ela ficou.

— Como você conseguiu a espada, uma vez que não poderia ter entrado armado?

— Bem, eu não sei se foi Javé quem me inspirou ou me abandonou com o mau pensamento. Não sei bem explicar por que, mas eu amarrei uma espada curta, de dois gumes, que tinha mandado fazer, em minha coxa direita e sob a minha veste. Não foi um ato premeditado, mas apenas uma medida de cautela.

— E como foi que você saiu do aposento real?

— Tranquei as portas do quarto e saí por uma galeria sem ser visto por ninguém. Só mais tarde é que os guardas de Eglon deram por sua falta e arrombaram as portas.

— Porém mais tarde você voltou com seu exército e ordenou a matança de dez mil homens de Eglon. Por que você não deixou para matá-lo durante a luta? interpelou outro ancião.

— Bem, Eglon poderia fugir ou eu poderia não conseguir aproximar-me dele...

— Então você premeditou a sua morte, disse Jabeslão.

— Não. Devo dizer que como juiz eu julguei o rei Eglon e segundo nossa tradição ele foi condenado à morte, e já que eu estava lá, resolvi executar a sentença eu mesmo. Portanto, não foi o visitante quem matou Eglon mas um juiz em pleno exercício de sua função. Assim, não foi um ato covarde nem uma injustiça foi cometida. Não sei se me fiz entender...

— Você disse ao rei que ele tinha sido julgado e iria ser apenado naquele momento? perguntou Ismar, o velho.

— Falei.

— E o quê ou como falou?

— Falei: "Seu gordo assassino, você vai morrer pelos crimes que cometeu contra o meu povo". Fui bem claro. E assim falando, executei a sentença de imediato para não fazê-lo sofrer.

— Você se comportou como um bom juiz, meu filho, disse Elifas.

— Mais algum dos senhores quer fazer perguntas ao juiz Aod? ultimou Jabeslão.

Todos menearam suas cabeças.

— Que assim seja. Agora, meu filho Aod, saia e aguarde por nossa decisão.

O julgamento de Aod

— Todos ouviram o juiz Aod, disse Jabeslão. O que decidem?

— Não vemos culpa neste valente homem, disseram todos.

— Sendo assim, devo o declarar inocente e que ele continue a julgar o seu povo e para o povo?

— Sim, responderam os anciãos.

— Que assim seja e que se sacrifique um outro bode.

E assim outro bode expiou em agradecimento pela justiça feita.

O depoimento de Samgar

Só quando completou vinte e dois anos é que Samgar foi apresentado pelo pai, um cananeu de nome Anat, ao seu povo. Até então, poucos sabiam de sua existência. Anat jamais comentou o fato e a ninguém falou sobre a infância e a adolescência do filho. Este mistério gerou as mais variadas especulações a respeito da origem da Samgar, como seria de se esperar. Graças porém ao seu jeito alegre e comunicativo, logo ele foi aceito e integrado pela tribo e os maldizeres esquecidos, também como seria de se esperar.

Seu porte atlético e índole de lutador tornaram-no um líder entre os jovens e um protetor dos mais fracos e dos velhos. Com raciocínio rápido e opiniões espertas, passou a ser respeitado pelos anciãos que, cansados de uma sabedoria que os deixava vulneráveis aos inimigos, preferiam mais a proteção e a esperteza dos jovens. Assim, com notável popularidade, não houve surpresa quando foi aclamado juiz aos vinte e cinco anos, com poder de decisão nas questões tribais e no conselho de guerra.

Havia, entretanto, um grupo de anciãos e alguns sacerdotes que alimentavam rumores de que Samgar poderia ser um espião ou um estrangeiro a serviço dos filisteus. Tudo isso porque o juiz era jovem, falava o heteu e o acádico e conhecia Hattusas, a capital do reino heteu, fatos absolutamente incomuns para uma pessoa daquela tribo. Enfim, um homem com tantas qualidades raras, era natural que despertasse sentimentos de ódio e inveja.

Foi esse perfil que Samgar trouxe para a sala dos anciãos de Betson, e apesar de ser um modesto juiz de uma pequena tribo, Jabeslão e os demais sacerdotes trataram-no com respeito.

Não havia muito do que acusar o juiz. Mas ele estava sabendo que dois fatos seriam debatidos no interrogatório: a questão de sua identidade e o massacre de seiscentos filisteus. O primeiro era uma queixa de sua própria gente e o segundo, dos filisteus.

Jabeslão era um homem que tratava com objetividade um assunto. Formal, falava pouco, o essencial para um bom entendimento. Sempre procurava fazer perguntas claras e diretas. A sua maneira organizada de dirigir os trabalhos, dava solenidade à reunião. Seus pares procuravam mostrar-se atentos à leitura das acusações e queixas contra o depoente e os fatos apurados pelos investigadores. Para isso adotavam e posavam com o ar mais solene possível: atento, sábio, pensador, austero, compenetrado, simpatia e outros mais. Jabeslão procurava presidir a reunião assumindo também todos esses ares e vestia-se com solenidade, exibindo um *efod* do mais branco linho, cintas coloridas e um volumoso turbante.

Samgar ouviu atentamente a leitura do relatório sobre seus atos. Jabeslão imediatamente dirigiu-lhe a palavra.

— Meu filho Samgar, não vejo alegria em colocá-lo nesta posição, mas é a única forma de se defender das acusações que pesam sobre você.

— E de que sou acusado?

— De matar seiscentos indefesos filisteus.

— Não foram seiscentos mas somente quinhentos e vinte.

— Indefesos?

— Mas nossos inimigos!

— E você sozinho os matou?

— Sim.

—E por que você os matou?

— Bem, como já disse, eram nossos inimigos. Mas tudo aconteceu num momento de fraqueza...

— Você pode explicar como, de repente, ficou tão fraco? disse Elifas.

— Acho que perdi o juízo ao atacar aqueles homens.

— Não é bom que um juiz perca o juízo, diz Anot.

— Como foi a luta? perguntou Jabeslão.

— Eu arrebanhava o gado pela madrugada, pois algumas rezes foram pastar nos campos dos filisteus. Fui buscá-las a essa hora para não ser notado por eles, e tive a surpresa de encontrar um regimento dormindo. Foi aí que meu juízo se transtornou e o meu sangue ferveu, não sei se por abandono de Javé ou fortalecido por Ele...

— Já ouvimos isso antes, diz Elifas. Os juízes estão sendo acometidos de perda temporária do juízo. Mas continue.

— Bem, assim possuído, achei que não devia deixar passar aquela oportunidade única e fui espetando com meu aguilhão de boi as barrigas e os peitos dos soldados, e agia tão rápido quanto uma galinha bicando grãos de trigo. Mas logo outros foram despertados, e à medida que se levantavam ou saíam de suas tendas, eu os traspassava com o ferrão. A confusão foi tão grande que os filisteus imaginaram estar sendo atacados por um grande número de soldados inimigos, e atracavam-se mutuamente; eu me aproveitava também dessa desorientação e os derrubava com mais facilidade. Ao amanhecer, mais de quatrocentos corpos estavam estendidos no campo, mas fui reconhecido enquanto corria para casa. Até hoje os filisteus não mais roubaram nosso gado nem mataram gente nossa.

— Sem dúvida este homem foi abençoado, disse Abiron.

— Um pacificador, disse Airão.

—Você nega ser estrangeiro? pergunta Jabeslão.

— Claro. Como eu poderia ser enviado dos filisteus se matei sua gente?

— Você fala outras línguas e conhece a cidade de Hattusas. Como explica esses fatos sem ser estrangeiro? insiste Jabeslão.

— Aprendi línguas com mulheres estrangeiras.

— Em Hattusas?

— Não, no leito.

— E o que você foi fazer em Hattusas?

— Conhecer mulheres.

Risos de uns, indignação de outros. Jabeslão não se perturbou e resolveu encerrar o depoimento.

— O que mais tem você para alegar em sua defesa, meu filho?

— Nada mais, santo homem.

— Então pode se retirar . Espere em seu aposento a decisão deste Conselho.

O julgamento de Samgar

Samgar causara boa impressão pela franqueza humilde, apesar de ser um atleta, um poliglota, um vencedor e bem sucedido com as mulheres.

Jabeslão tentava esconder sua simpatia pelo réu.

Mais de uma hora se passou sem que ninguém ousasse falar. Finalmente, Jabeslão quebrou o longo silêncio:

— Então, amigos, qual a resposta de suas consciências? Como devemos julgar o juiz Samgar?

— Não vi culpa alguma neste homem, disse Anot.

— A mim parece-me um justo e eleito de Javé, disse Abner.

— Quem entre vocês o condena? perguntou Jabeslão.

Silêncio. Meneios de cabeça.

— Que assim seja. Eu também o absolvo.

Dito isto, Jabeslão tocou um pequeno címbalo, sendo imediatamente atendido por um servo.

— Que outro bode seja sacrificado em expiação às injustiças levantadas contra Samgar.

— Assim será, meu senhor.

O depoimento de Gedeão

Gedeão sempre foi conhecido no território de Manassés como um manda-chuva da região. Muito falante, desde jovem gostava de exibir o físico e propagar sua virilidade, tendo tido inúmeras mulheres e setenta filhos. Porém, para ser indicado juiz, teve de usar o prestígio de seu pai Joás.

Seus amigos dizem que, desde que assumiu o cargo na magistratura, mostrou-se mais arrogante. Quando lhe perguntaram se tentaria falar com um enviado de Javé, como é costume acontecer entre os escolhidos, para saber como proceder diante dos inimigos, disse que não, pois nos tempos atuais deve-se desconfiar de todo mundo, e é difícil reconhecer um autêntico enviado do Altíssimo. Portanto, preferia oferecer primícias e tentar comunicar-se com o Senhor de viva voz. Disse a todo mundo que conseguiu. Ninguém provou o contrário.

Um dos seus primeiros atos como juiz foi nomear a si próprio como comandante do exército de Manassés, exigindo dos soldados total subserviência.

De todos os filhos obteve a mais completa obediência, à exceção de Abimelec, que até hoje o desafia e contesta; os mais íntimos chegam a dizer que Abimelec é capaz de qualquer coisa para ocupar o lugar do pai. Como prova disso, lembram o fato recente de o primogênito ter matado os sessenta e nove irmãos em Siquém, como represália à recusa do pai em nomeá-lo juiz substituto. Gedeão ainda está ressentido pelo duro golpe, e seu silêncio faz prever um planejado castigo para o filho.

Por outro lado, as vitórias contra os reis de Amadian aumentaram o prestígio de Gedeão entre o povo, a tal ponto que seus fiéis seguidores passaram a se denominar de gedeões e assim são conhecidos pelas outras tribos.

Soube-se que ficou muito irritado ao ser convocado por Jabeslão e que estava decidido a não comparecer, mas mudou de idéia quando lhe disseram que seu filho Abimelec fora também convidado. Talvez uma ocasião para um acerto de contas.

Gedeão entrou na sala dos anciãos a passos firmes, mostrando uma desenvoltura pouco usada naquela corte. Exibia uma túnica nova e cheirava a sândalo; seus cabelos pareciam o mármore negro, brilhando com o azeite aplicado. Não parecia temer o inquérito, porém inclinou com solenidade sua cabeça diante de Jabeslão.

Do alto de sua cadeira de pedra, Jabeslão presidia os anciãos sentados em semi-círculo. Gedeão sentou-se entre eles, defronte ao sumo sacerdote. Ao seu lado, uma pequena mesa com tâmaras, figos maduros e água.

— Meu filho, como devemos chamá-lo? Gedeão, Jerobaal ou Jeruboset? Um homem não deve apresentar-se com outros nomes, a não ser aquele com o qual nasceu.

— Meu nome é Gedeão.

— Dos seus outros nomes, um diz que Baal é contra você, e o outro, que você é a Vergonha. Um juiz não deve carregar tais nomes.

— Eles me foram dados por meus inimigos, como uma maldição por tê-los derrotado.

— Você é acusado de não confiar no Altíssimo, apesar de jurar ao povo que conversou com Ele. Como quer julgar o seu povo ou vencer os seus inimigos, se desconfia de Javé? Pode contar para este Conselho o que tem de verdade nesta mais grave acusação?

— Santos homens, para governar e julgar é preciso desconfiar. Eu não podia ter certeza de que falava com Ele ou com um Seu enviado ou apenas com meu juízo. Uma voz me mandava acabar com os madianitas.

— E o que você fez? quis saber Ismar.

— Então eu disse à voz, vamos fazer o seguinte: vou estender uma manta de lã no meu quintal e, se pela manhã, só a lã estiver molhada e a terra seca, eu saberei que esta voz é verdadeira e não é o meu juízo quem me provoca.

— E a que conclusão chegou?

— Não deu para ter certeza. Aí eu propus à voz o contrário, uma contra prova: vou estender de novo a manta, e se na madrugada ela estiver seca e a terra úmida, sei que a voz é verdadeira.

— E o que aconteceu? pergunta Elifas.

— A voz me disse: Gedeão, já estou de saco cheio com você; Eu devia transformá-lo em um assado com um raio, pois tenho autonomia para isso, mas como tenho de cumprir a promessa que lhe foi feita, será como você quer. Então, respondi: tudo bem, fica valendo a primeira prova.

— E foi assim que você se lançou contra os madianitas?

— Foi.

— Que mal fizeram os madianitas ao seu povo?

— Ora, eles se juntaram com os amalecitas para matar e roubar nossas ovelhas, bois e jumentos. Gedeão interrompeu a fala para comer alguns figos, arrotou alto em sinal de agradecimento, e, finalmente, ajeitou a veste e os cabelos.

— Consta que você jamais demonstrou piedade para com o inimigo, pelo contrário, torturou pessoas sem necessidade, apontou-lhe duramente Jabeslão.

— Não estou entendendo, pois sempre pratiquei a justiça.

— Estamos sabendo que você, depois de ter capturado os reis de Madiã, seqüestrou um habitante de Socot e obrigou-o a dar-lhe uma lista de todos os anciãos da cidade. Você então prendeu setenta e sete velhos e os açoitou com plantas espinhosas. Por que castigou aqueles homens indefesos?

— Eles foram castigados por mim, enquanto juiz. Aconteceu que durante a guerra contra aquela coligação, paramos em Socot, no vale do Jordão, perto de Jacob, e em Fanuel, ali perto, para pedir água para os soldados. A bebida foi-nos negada, e segundo fui informado, por ordens de alguns anciãos. Ora, como juiz, cumpro a lei ao mandar açoitar quem pratica tal maldade. Como ninguém na cidade quis identificar os culpados, mandei açoitar todos os velhos.

— Parece justo, deixou escapar Anuar.

— Pois bem, mas por que matou todos os habitantes da cidade?

— Santo homem, quem o escutasse a falar desta maneira - todos os habitantes da cidade - poderia imaginar uma grande quantidade de gente. Mas na realidade não passavam de umas trezentas pessoas.

— Mas por quê matá-las?

— Porque não era conveniente fazer prisioneiros. Como cativos, iriam passar fome, pois não poderíamos alimentá-los. Assim, a morte foi piedosa e decidida com justiça.

— Mais alguma pergunta? disse Jabeslão

— Eu tenho, disse Abner. O que você fez com os reis de Madiã, Zebéia e Salmana?

— Ah, sim, foram mortos.

— Quem os matou?

— Fui eu. Como juiz os julguei; como comandante os castiguei, cumprindo a minha sentença.

Seguiu-se um grande silêncio.

Jabeslão de olhos fechados aguardava outras perguntas. Gedeão não quis fazer nenhum outro comentário em sua defesa.

— Meu filho, sentimos a sinceridade de seu coração. Se nada mais tem a dizer, espere em seu aposento a decisão desta corte. Agora vai.

Respeitosamente, Gedeão retirou-se.

O julgamento de Gedeão

Jabeslão estava sereno.

— Meus amigos, consultem suas consciências e apaziguem seus espíritos e digam-me: consideram este juiz culpado ou inocente?

— Poucas vezes vimos um homem tão justo e sábio, disse Matusael.

— Ele é capaz de ser juiz e comandante separadamente, disse Airão.

— Não encontro culpa neste juiz, falou Ismar.

— Alguém está em desacordo com essas opiniões?

Silêncio.

— Pois bem, quero crer que todos aceitam a inocência de Gedeão. Eu confirmo a decisão de vocês e amaldiçôo quem o caluniou. Dito isto, tocou o címbalo.

O servo não se fez esperar.

— Outro bode, senhor?

— Sim, Banaías. Como os outros.

O depoimento de Abmelec

Abimelec não despertava muita simpatia. Veio de Siquém com poucos homens e mesmo assim era distante deles. No santuário de Betson permaneceu isolado, pois evitava seu pai Gedeão, e os outros juízes o evitavam. Mostrava um semblante duro, com certa arrogância e altivez que contrastavam com suas vestes mais humildes do que as de todos os outros. Nunca foi visto sorrindo.

Seu lugar entre os oito anciãos estava preparado, em frente à cadeira do sumo sacerdote. A pequena mesa com figos, azeitonas, tâmaras e água estava cuidadosamente preparada.

Jabeslão tomou a palavra.

— Você é o nosso filho contra quem pesam muitas queixas. Mas é o seu coração que queremos ouvir, embora nossas perguntas possam perturbá-lo. Diga-nos, vocês eram setenta irmãos, não é verdade?

— Sim.

— O que aconteceu com eles?

— Morreram.

—Ou foram mortos?

— Realmente, foram mortos.

— Todos?

— Não, só sessenta e oito.

— E quem os matou?

— Dizem que fui eu.

— Dizem? E você, o que diz?

— Bem, eu não sei se fui abandonado por Javé, ou se me foi retirado o juízo, mas parece que fui impelido a fazê-los morrer.

— E o que aconteceu que possa ter impelido você a tal violência?

Aconteceu que todos os sessenta e nove irmãos queriam governar. Meu pai, Gedeão, não quis tomar a decisão de nomear um dos filhos como juiz ou declarar explicitamente quem seria o sucessor. Eu, como primogênito, tinha o direito adquirido de exercer a função de julgar e governar, mas meu pai achava que todos eram potenciais candidatos. Com tanta gente querendo mandar, Siquém estava uma bagunça. Assim, tomei a iniciativa de reunir todos os meus tios e o povo, e lhes perguntei: "Vocês querem ser governados por setenta ou por um só, do mesmo sangue de Gedeão?" "Queremos um só," responderam. Então eu me candidato, disse-lhes. Eles aceitaram. Então eu disse, que queria receber adiantado um ano de governo e justiça. Aí o povo se reuniu e me pagou setenta ciclos de prata.

— E o que você fez a seguir?

— Ora, tendo sido escolhido pelo povo e pago por ele, tornei-me juiz e rei. Como rei, não podia aceitar que um grupo quisesse desestabilizar meu governo, e como juiz, julguei-os culpados.

— Você os julgou e você mesmo aplicou-lhes a pena...

— Aí é que não me lembro muito bem.

— Não se lembra de ter matado um a um, em cima de uma grande pedra, e só um de seus irmãos ter escapado?

— Acho que estava tomado de uma ira sobrenatural, ou como já disse, fora de meu juízo. Entretanto, se como juiz eu estava aplicando uma pena, só podia ser um ato legal. Um juiz tem esse direito.

— Mas consta que a cidade se revoltou, disse Anuar.

— E que o filho de Obed, chamado Gaal, tentou convencê-lo de não julgar seus irmãos, disse Airão.

— Os santos homens bem sabem que um povo deve obediência ao seu rei e acatamento a seus juízes. A ordem de um juiz é para ser cumprida e não discutida. Ora, tive então que mandar prender Gaal.

— Mas e a população de Siquém?

— O povo não podia desobedecer ao seu rei. Assim, reuni o meu exército e mandei que controlassem a população, mas os soldados nem sempre são controláveis, e bastou que fossem irritados e desafiados para que atacassem as pessoas. Assim, totalmente fora de controle, os soldados mataram algumas pessoas.

— Algumas? Consta que toda a população foi morta e você salgou a terra.

— Não é verdade, santo homem. Muitos conseguiram fugir para o templo de El-Berit. Salguei a terra em sinal de pesar.

— Se você tivesse pesar, teria se coberto de cinzas, disse Abner.

— E por que você os perseguiu? perguntou Jabeslão.

— Porque daí em diante aquelas pessoas passaram a ser fugitivas e inimigas do rei. Como juiz julguei-as insubordinadas. Enviei o meu comandante para convencê-las a voltar para Siquém, mas responderam com maldições e pedras.

— E então você as queimou.

— Apenas apliquei uma estratégia de guerra. Mandei que os soldados cortassem as árvores e as colocassem ao redor da fortaleza de El-Berit, e ateassem fogo. Esperava que as pessoas saíssem de lá por causa da fumaça.

— Mas não saíram e foram queimadas vivas. Mais de mil pessoas, entre mulheres e crianças, irritou-se Jabeslão.

— Foram menos de mil, santo homem.

— E o que você fez trouxe-lhe glória?

— Chorei a morte de meu povo e mergulhei-me nas suas cinzas. Voltei a ser o que sempre fui, um homem dócil e carinhoso. Um juiz também pode chorar por uma sentença proferida que o deixa infeliz, sabendo que ele não pode voltar atrás.

Abimelec chorava.

— Abimelec, Abimelec, por que está chorando, meu filho? interroga Elifas.

— Choro pelo peso do meu fardo, de governar e fazer justiça. Choro pelo receio de ser abandonado novamente pelo meu juízo.

— Isso é tudo, Abimelec. Volte para seu aposento e espere por nossa decisão, disse Jabeslão.

Abimelec levantou-se e deixou a sala.

O julgamento de Abmelec

Jabeslão falou:

— Nas próximas horas a ninguém será permitido tomar água ou comer qualquer alimento. Nada deve distrair nossos espíritos. Ninguém deve lamentar o destino de pertencer a este Conselho, a obrigação de ouvir tão tristes fatos e o dever de julgar uma alma sofrida. Quero ouvir o que pensa cada um de vocês sobre o juiz Abimelec. Matusael, você será o primeiro.

— Minhas entranhas choram pelo sofrimento deste homem. O seu arrependimento o torna puro como um novilho. Eu o perdôo.

— Airão, o que acha?

— As lágrimas de Abimelec lavaram seu corpo e seu espírito. Por quanto tempo carregou ele os olhos cheios de lágrimas sem poder derramá-las? Quanta dor isto lhe causou! Não dormirei sem perdoá-lo.

— Abiron, o que pensa?

— Não há tortura maior do que julgar e sofrer pela sentença. Quem não sentiria uma enorme dor ao julgar seus irmãos e derramar o seu próprio sangue? Libertemos Abimelec deste peso.

— Ismar, coragem.

— A fatalidade é o grande risco deste encargo; forças poderosas perturbam o juízo de nossos juízes. É esta a recompensa que um juiz recebe por aceitar este fardo? Não vou censurá-lo.

—Vamos ouvir Elifas.

— Até onde consigo contar, mil e quatrocentas pessoas foram mortas sob o infortúnio de Abimelec. A morte as perdoou do pecado da desobediência, ganância ou de semear a discórdia, mas a vida castigou o espírito de Abimelec com a tristeza e as lágrimas. Devo eu fazer chorar ainda mais o filho de Gedeão?

— O que tem a dizer, Anot?

— Tal sucessão de infelizes decisões do juiz só confirmam que foi-lhe retirado o juízo quando mais precisava dele. Joguem sobre mim duas mãos de cinzas.

— Quero ouví-lo, Abner.

— Setenta ciclos de prata não pagam o sofrimento deste pobre homem.

— Anuar, é a sua vez.

— Nenhum filisteu foi tão valente, nenhum faraó assumiu tão grandes decisões. Que ele volte para sua casa e abrace o seu pai.

— Eu, Jabeslão, confirmo o perdão de todos vocês e quero o regozijo pela unanimidade de seus corações. Tocou o címbalo mais uma vez.

— O bode está pronto meu senhor, apareceu Banaías antes que cessassem as vibrações do címbalo.

— Prossiga então, meu bom servo.

O depoimento de Sansão

A chegada de Sansão causou uma forte impressão aos membros da corte. Entrou em passos calculados, desfilando o seu modelar físico recoberto por uma túnica colorida que fazia ressaltar o volume de seus braços, a incrível massa de seu peito e as suas pernas como duas bem trabalhadas colunas de granito. Seus longos cabelos estavam enfeixados por uma displicente tira de couro. Fazia jus à fama de ser muito forte.

Matusael segredou baixinho a Abiron que aquela montanha de músculos fantasticamente esculpidos parecia constrastar com um olhar de pouca vivacidade; geralmente os juízes que pareciam mais espertos eram os mais franzinos.

Ocupou o lugar onde todos os outros juízes já haviam sentado.

Jabeslão fingia não estar impressionado.

— Filho Sansão, que a verdade saia da sua boca como o sol que nasce na manhã. Muito temos a lhe perguntar. Quem é você, meu filho?

— Eu sou um danita, filho de Manué, e vim de Estaol.

— Parece que você tem na força de seus braços a autoridade de juiz...

— Só quando é preciso.

— É verdade que para manter sua força, mata leões e come seus fígados e testículos?

— São os testículos de leões a fonte da virilidade? quis saber o ancião Anot.

— Quanto tempo dura o efeito de uma refeição como essa? perguntou Abiron.

— Testículos em pó podem vir a ser um comércio bastante rentável, observou Airão.

— Basta, disse Jabeslão elevando sua voz, apagando uma excitada conversa que se iniciava. Não estamos aqui para julgar os efeitos e lucros de testículos de leões. Voltou-se para Sansão.

— Temos contra você uma denúncia de ter matado, sem motivo aparente, trinta pessoas na cidade de Ascalon. O que realmente se passou?

— Ó santo homem, foi o amor ferido de um israelita no meio daqueles bastardos filisteus.

— Não se ire, faça seu depoimento sem raiva.

— Pois bem, na festa de meu primeiro casamento, eu propus uma charada para meus convidados, oferecendo uma veste a quem a adivinhasse. A víbora da minha noiva, tanto me encheu o saco que acabei por contar-lhe a resposta..

— Por favor, juiz Sansão...

— ...e a filha da mãe contou para todo mundo. Aí tive que pagar a promessa para trinta safados.

— ..não queremos palavrões nesta corte.

— Mas que meretriz? indignou-se Elifas.

— E como eu ia pagar se não tinha?

— Então por que você prometeu? disse Jabeslão.

— Porque era impossível a sua adivinhação.

— E como pagou?

— Eu saí da festa com raiva e um pouco embriagado.

— Com que você se embriagou?

— Com cerveja. Saibam os senhores que os filisteus dominam o segredo da técnica de fabricar o ferro e a cerveja. Eles fazem quatro tipos de cerveja, uma fraca, uma média, uma forte e outra muito forte. Podem nos embriagar e depois nos matar com suas poderosas armas.

— Mas continue...

—-Assim, não sei se me faltou o juízo ou se ele me abandonou..

— De novo, suspira Abner.

— ... mas fui até Ascalon, para pensar o que fazer, quando um grupo de bastardos me insultou, e como juiz julguei-os e sentenciei-os na mesma hora. Assim, fora de mim, avancei sobre eles e quebrei seus pescoços. Foi aí que tive a idéia de tirar-lhes as túnicas e com elas pagar a promessa aos meus convidados.

— Acho que você não pode beber nem ficar nervoso, observou Jabeslão. Mas estamos intrigados com seus outros atos. Você realmente queimou toda a plantação de trigo, uva e azeitonas dos filisteus, usando raposas incendiárias?

— Mas eles me insultaram de novo.

— Como?

— O filho de uma cachorra, o meu sogro, deu minha mulher para outro..

— Mas que filho...quero dizer, prossiga meu filho.

— E então tive de dar-lhe um castigo, como marido traído e como juiz, claro.

— Claro. Soubemos que você usou trezentas inocentes raposas, amarrou-as duas a duas e colocou uma tocha acesa entre seus rabos. Isso não é desumano? disse Anuar.

— Eu gostaria de saber é como você conseguiu pegar trezentas raposas no deserto, prendê-las e amarrá-las, perguntou Metusael; eu não sabia quc havia tanta raposa na região. Tem que ser muito esperto.

— Trezentas é o que dizem meus inimigos. Na verdade, santos homens, só consegui pegar dez.

— E por que, mesmo assim, usar os animaizinhos? Por que você mesmo não jogou as tochas na lavoura? perguntou Ismar

— Amigo Ismar, não estamos aqui para incentivar incêndios, observou Jabeslão. Temos ainda um registro que nos conta que você matou mil filisteus com uma queixada de jumento. Por que a matança?

— Não querendo menosprezar a força do juiz, mas mil de uma só vez não seria muita coisa para um homem só? Como vigiaria ele todos os seus flancos? aparteou Elifas.

— Pois a mim espanta a resistência desse osso de boca de égua, comenta Anot.

— Jumento, senhor. Na verdade, santos homens, os filisteus é que inventaram esse número mil; na hora até eu pensei que fossem mil, mas depois eu contei apenas duzentos. E isso aconteceu em Ramat-Lequi, quando eles quiseram se vingar daquele incêndio. Foi só isso.

— Sansão, meu filho juiz, você faltou com a discrição e a dignidade de seu cargo, fazendo arruaças na zona de meretrício em Gaza.

— Não foi bem assim, santo homem. Eu fui na zona como qualquer homem vai, mas aquela puta...

— Olha o decoro, juiz.

— ...aquela senhora meretriz queria me entregar para os meus inimigos. Aí eu fui obrigado a levar a casa no peito, e infelizmente vieram juntos os portais, portas e outras coisas. Foi só isso.

— Meu filho juiz, disse o sumo sacerdote, independente do julgamento que virá a seguir, quero lhe aconselhar moderação no sexo, na bebida e nos impulsos de justiça. O que mais tem você a declarar?

— Mais nada, santo homem.

— Então agora vai para seu aposento e espere por nosso veredito.

Sansão saiu com a cabeça mais baixa do que entrou, e por isso não viu os sorrisos de admiração dos anciãos.

O julgamento de Sansão

O sol começava a se pôr, quando os anciãos voltaram a se reunir depois de uma frugal refeição. Todos estavam cansados e desejavam encerrar aquele julgamento.

Jabeslão parecia imperturbável.

— Vejo a fadiga no semblante de cada um, por isso recomendei que, se houvesse unanimidade de opiniões, apenas um falaria em nome dos demais. Quem vocês escolheram?

Matusael levantou-se.

— Houve unanimidade, santo homem, e eu fui o escolhido.

— O que decidiram?

— Este homem, o juiz Sansão, é um jovem impulsivo mas não tem maldade em seu coração. As denúncias contra ele parecem-nos infundadas. Não vemos crime algum em suas ações. A sabedoria só chegará para ele com o passar do tempo. Se ele trocar a força pela prudência, será um grande juiz, caso contrário, o teto poderá desabar sobre sua cabeça. Que ele vá em paz.

— Eu abençôo a decisão de vocês. Hoje terminamos o último julgamento. Meu coração está pesaroso de saber quantas denúncias vazias foram feitas a estes honestos homens. Nosso julgamento poderia voltar-se contra seus detratores e amaldiçoar os mentirosos e injustos. Façamos ver a todos que estes homens, os juízes, devem ser louvados em suas tribos, auxiliados em suas moradias e ser-lhes dado, não setenta ciclos de prata, mas setecentos ciclos de prata para que julguem e lutem por seu povo.

Jabeslão tomou o címbalo. Antes que o fizesse soar, Banaías apareceu.

— O de sempre, senhor?

Crônicas

A Volta da Creusa

I

Quase exterminei a Creusa, mas o crime seria considerado como insanidade temporária ou coisa assim.

Porém a culpa foi dela, podem acreditar.

Leiam por favor a verdade dos fatos.

A Creusa entrou em nossa vida por acaso, ou melhor, só porque precisávamos de alguém que arrumasse a casa. Possui uns cento e tantos quilos distribuídos em um impressionante corpanzil. Já seu cérebro não pesa quase nada. A nossa íntima inimizade surgiu quando, certa vez, ela me arrancou do meu escritório e atacou minha biblioteca, sujeitando-a, absolutamente indefesa, à sua arrumação. Jogou fora dois pergaminhos preciosos do século X, considerados por ela como jornais velhos, e empastelou meus livros de tal forma que não sei quanto tempo vou levar para reconstituir a ordem original. Depois disso, ela já assolou meio mundo com sua arte de arrumar, em diversas casas onde trabalhou: limpou e aspirou caixas contendo cinzas de pessoas cremadas, misturou todos os pequenos fósseis de um museu antropológico, mandou para o lixo uma coleção de latas de cerveja de todo o mundo, por estarem vazias, e muitas outras barbaridades em nome da limpeza e arrumação.

Hoje faço parte de um seleto e fechadíssimo clube, cujos membros sofreram irreparáveis perdas com os desvarios de secretárias domésticas. A finalidade do clube é a prevenção e seguro contra estas catástrofes, sendo a Creusa considerada o padrão ouro do exemplo de doméstica de alto risco.

Passei um ano sem vê-la. Na sua última assoladora passagem por minha casa não pude comê-la viva, e desde então eu aguardava uma oportunidade para a revanche.

Pois numa calma manhã de sábado, a campaínha estridulou enquanto dormíamos. Como sempre acontece nestas ocasiões consideradas fora de horário, minha mulher e eu fazemos um sorteio para decidir quem vai atender ao chamado. Em cem por cento das vezes eu perco, de acordo com a decisão dela. Assim, levantei-me, sonolento, quase inconsciente, em pleno estado de cama e abri a porta.

Ocupando todo o vão da porta, de portal a portal, com mesmo sorriso debilóide, lá estava ela: a Creusa. Com um pequeno movimento das ancas deslocou-me para o centro da sala enquanto entrava, e aproveitando-se de minha total surpresa e incapacidade de falar, disse que veio para ficar uns dias.

— Fiquei sabendo que vocês estão sozinhos, sem ajudante...

Não fui capaz de reagir. Não é fácil reagir. Você não conhece a Creusa.

II

Do meu escritório ouvia-a cantar *Senhor, comerei a tua carne e beberei o teu sangue*". Desta vez fiquei preocupado pelo Redentor. Ele não conhecia a Creusa. Tinha de avisá-Lo, pois se Ele viesse a permitir tal refeição, não haveria possibilidade de nova ressurreição. Preferível, de longe, ser pregado na cruz. Absorto nestas reflexões sobre o perigo que corria a fé da humanidade, não notei que ela estava bem diante da porta.

— Com licença, doutor.

Foi como se um raio me jogasse fora de minha poltrona. A sua presença simplesmente me assustava. Com verdadeiro instinto defensivo, coloquei-me entre os portais, braços e pernas abertos em X, pronto para lutar por minha cidadela.

— Não entre, gritei.

— Mas eu só quero limpar o escritório e fazer uma arrumação ...

— Só passando pelo meu cadáver.

— Tá bem. Eu espero o senhor sair.

— Fora! Jamais sairei daqui. Vou morar aqui, morrer aqui. Fora!

Ela afastou-se com um paciente e compreensivo sorriso. Adorava minhas brincadeiras. Isto é, ela achava que eu estava brincando.

Eu estava entrando em desespero diante do enorme risco que a sua presença representava em minha casa. Lembrando que a melhor defesa é o ataque, tratei de colocar em prática o meu plano para neutralizá-la, ou matá-la se necessário fosse. Esse plano já estava esboçado e escondido em uma gaveta, e tinha sido apresentado numa das reuniões de nossa sociedade sem que houvesse unanimidade quanto ao seu sucesso. Não havia tempo para pensar em outro. O plano era para uma urgência como esta, para a mais pura e legítima defesa, e nada tinha de sofisticado, pois refinamento em tal situação é coisa de profissionais.

Meu esquema inspirava-se num antigo filme que assisti, no qual a mulher infiel foi morta por um choque elétrico ao pegar o telefone. Eu não entendi muito bem como foi que o assassino preparou a armadilha, assim, em vez do telefone resolvi preparar um ferro de passar roupas. Um amigo eletricista deu-me informações precisas de como evitar os perigos fatais de um ferro elétrico. Portanto, era só fazer exatamente o contrário de suas instruções e pronto... eis um ferro elétrico mortal.

Gastei quatro dias preparando a peça fatal, e cada vez que o desânimo sobrevinha, bastava olhar para o retrato da

Creusa (que eu tirei para tal fim) sobre minha mesa de trabalho, que eu vencia as dificuldades técnicas. Somente um dia precisei ouvir uma gravação de sua cantoria (também feita com a mesma finalidade) como reforço para não desistir diante de uma enorme confusão. Eletricidade é uma coisa muito complicada, mesmo quando você quer fazer errado para dar certo... Mas a vitória aparece quando a causa é justa.

Em um dia de chuva manhosa, entre um cochilo e outro, eu tentava ler um livro. De repente dei-me conta de que era o dia apropriado para um acerto com a Creusa, pois estávamos apenas nós dois em casa.

Enquanto ela limpava a sala de visitas (era apavorante vê-la suspender um piano de trezentos quilos com apenas uma das mãos, como se fosse uma cadeira, enquanto que com a outra passava a enceradeira) eu coloquei o ferro elétrico em posição para ser usado.

Chamei-a.

— Creusa, por favor, passe esta camisa.

— Posso terminar de limpar a sala?

— Não, Creusa, não pode. Preciso agora.

— Em um minuto, doutor. Vou esquentar o ferro.

Ah! Que deliciosa expectativa. Enquanto ela se dirigia para a área de serviço, eu não ousava respirar. Sentado, em silêncio eu ouvia o meu coração bater forte. Gotas de suor escorriam pela testa, axilas, mãos, pés e alma. Ouvidos bem abertos. Dois minutos, com duração de dois dias..

De repente, um grito rouco e um som de queda. Depois o silêncio.

Meu coração estava entre meus dentes. Levantei-me de um salto da cadeira, atento a qualquer ruído. Com coragem fui para a área de serviço ver a provável defunta. Atravessei apressadamente a cozinha e no meio do caminho um vulto veio ao meu encontro; uma verdadeira trombada que cegou-me por alguns segundos. Diante de meu corpo caído e trêmulo, lá estava ela, sólida, viva, invencível. Muda, olhos arregalados e toda a vasta cabeleira em pé, como uma vassoura , pelo efeito do choque, e o maldito ferro pregado em sua mão.

— Creusa... arrisquei, baixinho.

Ela piscou. Sorriu.

— Foi nada não, doutor. Levei um choquinho. Até que eu estava precisando, eu andava muito nelvosa. Desculpe se derrubei o senhor.

Foi muito para mim. Fracassei ao tentar salvar a humanidade. O Redentor seria triturado e a minha biblioteca corria de novo um grande perigo.

Não resisti ao choque. A seguir, ouviu-se o meu berro. Berrei vergonhosamente, mas berrei bem alto de dor e de desespero pela minha incompetência.

Acordei com meus gritos e berros.

O tempo de cochilo foi suficiente para um grande pesadelo. E que pesadelo!

A Creusa veio rápida e solícita me acudir. Entre confuso e sonolento, afundado na minha poltrona, vi diante de mim aquela imensa mulher olhando-me lá de cima, com olhar crítico e divertido. Humilhante!

— Doutor, o senhor deve estar com lombrigas. Meu filho ficava desse jeito: gritava, esperneava e rangia os dentes enquanto dormia. Igualzinho o senhor. Vou lá na conzinha assar sementes de abóbra para o senhor...É um ótimo remédio.

Saiu cantando...*o Senhor me protege do laço do caçador...*

Liguei para o meu analista.

Creusa al primo canto

Não é sempre que tenho ímpetos de matar a Creusa. Isso já seria um exagero. Como prova do que afirmo basta dizer que quando ela se queixou de estar muito cansada e necessitada de tirar férias, eu lhe propus passar algum tempo em Kosovo ou qualquer outra região da Iugoslávia, digamos, por uns seis meses, com despesas por minha conta. Ela ficou de pensar no assunto, pois não gostava muito do Nordeste, porém não sabia como me agradecer. Com humildade dispensei qualquer forma de reconhecimento. Sou assim. Despreendido.

Não sei se você já conhece a Creusa. A pergunta tem lógica pois nossa cidade não é tão grande. Em caso de negação, posso dizer-lhe resumidamente que a Creusa é uma super mulher: imensa, fortíssima, um QI próximo a cento e vinte graus negativos, indestrutível, e que todas as vezes que trabalhou em minha casa deixou-me com psicose maníaco-paranói- de- aguda- fulminante.

Sempre que nos confrontamos, a causa reside nas suas trapalhadas ao arrumar a casa. Da última vez, tentei furar seus olhos com os espetinhos de churrasco ao descobrir que ela tinha lustrado todos os meus cds com bombril. Não consegui fazê-lo, graças a Hércules e Tarzan, dois vigias do prédio chamados às pressas por minha mulher e que me deixaram imobilizado... por quase dois meses.

Esta semana ela apareceu novamente, e como sempre faz, de manhã bem cedo, aproveitando que todos dormíamos e tivemos o prazer em ser despertados pela campaínha que gritava, esmagada pelo peso de seu dedo.

Mais uma vez nossa casa iria tremer sob sua furiosa arrumação.

Quando voltei para o almoço percebi que estávamos sós, eu e ela. Após servir-me a mesa, vi que ela ainda se mantinha por perto, em posição de sentido. Um frio arrepio percorreu todo o meu corpo, pressentindo que alguma trapalhada teria acontecido no meu escritório e que ela me contaria com o orgulho de uma coisa bem feita .

— Doutor, eu queria fazer um pedido, se o senhor não se ofende...

Respirei aliviado: o meu escritório escapara desta vez.

— Pois não, Creusa. Qual é o problema?

— Sabe doutor, vai ter um concurso para cantora no meu bairro. Vai ser na paróquia. A vencedora vai gravar uma faixa no disco do padre. É para as obra de caridade. O disco. Quer dizer, a venda do disco. Dizia tudo de uma vez, apressadamente, com receio de perder o ouvinte.

Era mais uma das aventuras da Creusa. Quem a ouvisse cantar, como eu já ouvira, não teria dúvidas em admitir que ela estava fazendo um gargarejo. Seria capaz de jurar que ela estava com uma crise de amigdalite. Por outro lado, achei divertida a história, pois imaginar o padre ouvindo-a, seria uma pequenina desforra pela rifa que, em seu nome, a Creusa me vendera. Dei força.

— E qual é o pedido,Creusa?

— O senhor promete não ficar furioso, como das outras vezes?

—Tá prometido.

— Eu queria ensaiar aqui na sua casa.

—Você quer dizer cantar aqui, com todos nós aqui dentro? Indefesos?

— Não é assim não. Eu queria pedir para o senhor me acompanhar..

— Não entendi, Creusa. Acompanhar você? Quer dizer, levá-la ao concurso?

— Não senhor. Me acompanhar no piano.

— O queeeê? Ficou doida?

— Ah! eu sabia que o senhor ia ficar bravo de novo..

— E por que você não pede para minha mulher?

— É por causa de que ela pode ficar magoada, pois ela só toca música mais complicada, que tem naqueles livros cheio de bolinhas e que não serve prá cantar.

Pela primeira vez a Creusa me divertia e eu não tentaria botar fogo nas suas vestes, como os garotos de Brasilia fazem com os índios.

—Tá certo Creusa. E lá na paróquia tem piano?

— Não sei, só sei que lá tem um moço que toca cavaquinho na missa.

Dado a semelhança entre os dois instrumentos, não tive como não concordar. Ensaia com piano, canta com cavaquinho.

— E o que é que você vai cantar?

— *Que grande sacrifício do Senhor.*

—Não é tanto assim, faço com prazer.

—Esse é o nome da música.

— Bem, então são dois sacrifícios. Vamos experimentar, então.

— O senhor vai tocar no piano grande?

— Acho que não, Creusa. Como se trata de música sacrificial, penso que é melhor arriscar com o piano pequeno.
Nunca tinha visto um rosto tão feliz.
Sugeri que ela cantasse primeiro, sozinha, a capela, para que eu aprendesse. Ela não vacilou um segundo. Com todo o desembaraço do mundo, começou a gargarejar. Era uma coisa impensável. Uma música atonal pós-guerra-nas-estrelas, se é que aqueles ruídos podiam ser chamados de música.

— O senhor quer que eu repita? Perguntou ao ver minha cara meio pasmada.

— Não é preciso. A coisa é mais simples do que eu pensava. Vamos lá.

E assim ataquei o instrumento, espetando-lhe meus dez dedos em seus dentes brancos e pretos, obrigando-o a vomitar um som tão maluco quanto a cantoria. Creusa, embevecida, emitia seus sons em direção oposta aos meus.

A cena era dantesca. Um dueto, ou mélhor, um duelo irreal. Foi nessa cacofonia maluca que fomos flagrados por minha mulher.

Boquiaberta, horrorizada e indignada, imóvel na porta, ela só conseguiu falar após alguns segundos.

— Mas, mas ...o que é isso? Ficaram loucos os dois?

— Calma. Estou ajudando a Creusa a ensaiar para o concurso de canto.

— Oh, meu Deus. Reconheci a voz dela e achei que ela estava gritando por socorro. Por um segundo me ocorreu a idéia de que você estava fazendo alguma loucura...

— Que tipo de loucura?

— Bem, você sempre fala em estrangular a moça, que eu..

— Não precisa ficar nervosa. Calma. Tome um gole d'água.

—Você é um irresponsável, dizia tentando se controlar. E desde quando você toca piano?

— E quem disse que a Creusa canta?

Desta vez fui eu quem chamou o Pronto Socorro, e para atender uma senhora que estava tendo um siricotico.

Mais uma vitória da Creusa.

Impresso em abril de 2000, em Offset 90 g/m2
nas oficinas da Palas Athena.
Composto em Minion corpo 11,5

Não encontrando este livro nas livrarias,
solicite-o diretamente à editora.

Escrituras Editora e Distribuidora de Livros
Rua Maestro Callia, 123 - Vila Mariana - 04012-100 São Paulo, SP
Telefax: (11) 5082-4190 - http://www.escrituras.com.br
email: escrituras@escrituras.com.br (Administrativo)
email: arte@escrituras.com.br (Arte)